Journal d'un libraire qui ne croyait plus aux histoires

Le libraire se cache

Journal d'un libraire qui ne croyait plus aux histoires

ROMAN

J'AI LU

Derrière le pseudo **Le libraire se cache**
se trouve Kevin Lecathelinais.

To Mommy

1.

Parfois, il faut savoir appeler un chat un chat, et ce bâtiment moche est moche. Il est fissuré, non ravalé, et les vitrines sont sales. Les murs extérieurs sont tagués, ce qui doit vouloir dire qu'il y a un peu de jeunesse par ici. Si je n'avais pas une aussi haute estime de moi-même, je dirais qu'il me ressemble, ce local, mais ce serait un peu exagéré. Il me correspond, en tout cas. Ces imperfections feront partie de lui. De nous. Au moins, il sera simple à agencer. C'est l'avantage des rectangles.

Je suis planté sur le trottoir dans le froid hivernal, à regarder cette façade qui de toute évidence ne va pas changer d'apparence par l'unique volonté de ma volonté. Il est temps de m'activer : j'ai un camion à vider.

Bien, je fouille mes poches et j'en sors le trousseau de clés que je viens de récupérer à l'agence. Ils n'avaient pas l'air débordés. Le type qui m'a fait faire la visite m'a accueilli avec un grand sourire et une poignée de main trop ferme. Il m'a dit en riant qu'il était persuadé que je ne reviendrais pas, que j'allais changer d'avis malgré mon engagement initial. Il était heureux de savoir qu'il y aurait un peu de vie en plus dans le village.

— Vous verrez, il est plein de charme.

— Parfait.

Ce n'est jamais bon signe, le charme. Généralement, ça cache même des fissures assez profondes.

Allez.

Je suis confiant.

Hyper confiant.

Voilà, on va dire ça.

*

Deux heures plus tard, mon caractère est épuisé et mon dos, fourbu. J'admire fièrement la forteresse de cartons que je viens de créer. Une sorte de mur infranchissable. Qui évidemment bloque l'accès aux toilettes. Ainsi qu'à l'escalier menant à mon appartement. Il faudrait que je songe à réfléchir un peu plus avant d'agir.

Tandis que je passe en revue la cargaison parfaitement alignée, je constate qu'il manque quelque chose. Le seul carton sur lequel il n'y ait pas écrit « livres ». Celui sans qui rien ne peut se faire et sans qui je ferais tout aussi bien de repartir à la case départ après avoir rechargé le camion. Et ça, on veut pas. Surtout sans un diable (comme je le disais, réfléchir avant d'agir, c'est toujours une bonne idée).

Où peut-il bien être ? Il serait tombé du camion ? Quelqu'un me l'aurait volé alors que je faisais le plein ? Ce qui m'amène à repenser à la cabine du camion (ça crée des liens, un long voyage). J'ai soudain un flash. Tout va bien. Je sais où il est, ce carton orphelin. Je l'ai mis sous le siège passager justement pour l'isoler. Justement pour que je me rappelle là où je l'ai mis. On va dire que le résultat est mitigé. J'espère que la mémoire n'est pas un élément trop important dans ce nouveau métier qui m'attend.

La bonne nouvelle, c'est qu'il est moins lourd que les autres.

À l'intérieur se trouve un livre, un seul, que je sors délicatement et que je mets à part sur une étagère de la réserve. Si tout se passe comme prévu, ce sera le dernier que je vendrai. Sous ce livre sont nichés de nombreux carnets. Mes biens les plus précieux dans cette entreprise. Je n'ai pas la force de les sortir. Ils comprendront. De toute façon, ils n'ont pas le choix s'ils veulent que cette cohabitation forcée fonctionne.

2.

Le commercial de l'agence immobilière a cru à une blague quand je suis venu me renseigner au sujet de l'annonce, lors de ma première venue. Précisément pour trouver un lieu où poser mes cartons.

— L'annonce d'il y a deux ans ?

— Euh... je n'avais pas fait attention à la date, mais oui, c'est bien ça. Le local ne doit plus être disponible, j'imagine ?

On a dû entendre son rire jusqu'au bout de la rue. Et elle est longue, cette rue. Il m'a fait m'asseoir. M'a offert un café. M'a vite demandé si je me sentais en pleine possession de mes moyens. Ensuite, il m'a proposé d'autres locaux, dans des communes avoisinantes, dont celle où se situait l'agence. Plus dynamiques, plus peuplées.

— Non, non, mon critère principal, c'est ce village. Il y a d'autres locaux disponibles là-bas ?

Il a ri de nouveau. Et sans perdre de temps, il m'a emmené voir le lieu en question sans chercher à arrondir les angles.

— Je vous préviens, c'est dans son jus.

Tout cela m'a rappelé mon premier appartement. J'étais tellement pressé de partir de chez ma mère, poussé par des rêves d'émancipation et de céréales à tous les repas, que j'ai saisi la première occasion qui s'est offerte à moi. C'est un miracle que je sois encore vivant pour en parler. L'humidité était à couper au couteau et j'aurais pu ouvrir un laboratoire biologique pour observer de près la formation de champignons. Mais ça ferait l'affaire. Allez. C'était pas cher (surtout au prix du kilo de champignons), et quand on est jeune, on n'est pas souvent chez soi, avait ajouté, pour me convaincre, le propriétaire avec qui je négociais directement. Argument du désespoir qui aurait dû me mettre la puce à l'oreille.

Une fois la porte du local franchie, j'ai tout de suite compris son histoire de jus. J'ai préféré aussi ne pas poser trop de questions au sujet des grincements que j'entendais dans les murs.

Au bout de deux minutes, sans vraiment inspecter quoi que ce soit, je lui ai dit que j'étais intéressé.

Il m'a demandé une bonne douzaine de fois si j'étais sûr. Il pouvait m'en montrer d'autres. Il avait l'air de se sentir coupable d'abuser de la crédulité d'un étranger. J'ai remarqué une porte au fond de la pièce.

— Ah oui, c'est l'escalier qui mène au logement au-dessus. Un petit appartement. Idéal pour une personne seule.

— Parfait ! Inutile de m'en montrer plus, je le prends.

— Mais vous êtes sûr ?

Alors que je signais le bail à l'agence, j'ai expliqué à l'agent immobilier mon projet. Je pense qu'il était encore sous le choc euphorique d'avoir réussi à caser l'incasable. Ce qui devrait aisément lui valoir le prix Nobel immobilier.

— Pour vendre des livres, c'est ça ?

Ben oui. Une librairie, quoi.

— Elle s'appellera comment ?

— La librairie ?

— Oui.

— Euh... Je n'y ai pas pensé. Je n'en ai aucune idée.

— Vous trouverez ! Il y a longtemps que je n'ai pas acheté de livre. Vous pourrez me conseiller ?

— Je ne miserais pas trop dessus.

Il a ri de nouveau (décidément, c'était quelqu'un de joyeux), pensant que je plaisantais. Alors que j'étais on ne peut plus sérieux.

3.

Maintenant que j'ai déchargé tous ces cartons de l'enfer, je peux admirer l'étendue du travail à accomplir avant l'ouverture. Qui est prévue dès que possible. Ce sera la surprise pour tout le monde. Moi y compris.

Pour un bricoleur manchot, jusqu'ici, je m'en suis pas trop mal tiré. J'ai déblayé, refait le sol. (Avec du parquet bon marché, mais pas trop. C'est important de donner une image un peu positive, tant qu'à faire. Il faut juste ne pas être trop regardant sur les finitions.) J'ai aussi repeint les murs et monté des étagères. Beaucoup d'étagères. Plus encore que sur mon plan. Les néons, quant à eux, fonctionnent encore, ce qui m'arrange fortement. Ils clignotent de temps en temps, néanmoins. C'est un petit plus côté ambiance.

J'ai fait de mon mieux, pour ce local. J'ai utilisé une règle, j'ai utilisé un mètre, j'ai utilisé mon bon sens. Normalement, tout devrait tenir. J'ai opté pour la simplicité, au final. Je ne cherche pas à faire dans l'originalité ni le haut standing. Tout est question d'optimisation et d'efficacité. Les étagères sont uniformes, les quelques tables aussi. Je me suis contenté d'aller dans un magasin de bricolage pas loin et de demander conseil pour un novice. Le vendeur, habitué à ce genre de requête, s'est lancé dans des explications pour débutant. Je n'ai absolument rien compris. Il m'a demandé quels types de murs pour quels types de chevilles (hein, des chevilles ?) pour quels types de mèches (hein, des mèches ?).

— Et sinon, pour des encore plus débutants ?

4.

Je suis fatigué. Les cartons attendront. Ça tombe bien. Je n'ai aucune envie de les ouvrir. Je sais bien qu'il va falloir. Cependant, il faut reconnaître que ce tas de cartons est particulièrement menaçant. Il suffirait de pas grand-chose pour qu'il s'effondre sur moi et m'anéantisse. Un peu comme si Moby Dick avait sauté, invisible, du haut du mât, et avait écrasé Achab. Peut-être serait-il effectivement préférable de les séparer, ces livres. Comme des éléments perturbateurs en classe. En faire de petits groupes plus gérables. Je ne vais pas me laisser faire aussi facilement.

5.

Le lendemain, je me décide finalement pour une organisation optimale. Je commence par ouvrir le premier carton qui vient et j'en sors les livres. Je fais des piles, presque sans un regard. Piles que je pose directement sur les étagères, sur les tables. Plutôt brusquement. C'est un peu passif-agressif, comme attitude. Mais c'est plus fort que moi. Il y a bien cette couverture des *Trois Mousquetaires* qui me ramène loin en arrière et me ferait presque esquisser un sourire nostalgique. Presque. Je la laisse rejoindre ses petits camarades sans autre forme de procès.

Deux heures se sont écoulées sans que je m'en rende compte. C'est l'avantage de ne pas avoir à réfléchir. Je suis en sueur, mais soulagé. Je pensais vraiment que les livres se ligueraient contre moi. En piégeant mon cutter par exemple. Ou en me tailladant les mains. Mais non. J'ai été plus fort qu'eux.

Une fois mon œuvre achevée, je sors très brièvement de la librairie pour mieux y rentrer et me mettre à la place d'un client qui découvrirait les lieux pour la première fois. Je pousse la porte et dis bonjour à voix haute (quitte à faire dans la mise en scène, autant y aller à fond). L'acoustique est plutôt pas mal. Je ne me réponds pas, parce que je ne vais pas me dédoubler et que je ne suis pas totalement timbré, mais je suis satisfait de l'ambiance. C'est basique. Loin d'être original. Efficace. Comme moi.

Les genres, les formats, les auteurs se mélangent dans un délicieux chaos où le hasard règne en maître. Je me rends compte à présent à quel point tout est penché vers la gauche. Et vers l'avant. Mais les livres ont l'air de rester en place. C'est le principal. J'ai fait de mon mieux, après tout. Qu'y puis-je si mon mieux est une définition réaliste du mot *médiocre* ?

Les mains sur les hanches, je cesse de bouger pour mieux écouter.

C'est bien ce qu'il me semblait.

Plus de bruits dans les murs.

— Toc-toc, c'est ouvert ?

Je sursaute. C'est ce qu'il se passe en général quand il n'y a plus un bruit et que l'on pense être seul.

La première chose que je perçois, c'est sa toux. Quelque chose me dit que la cigarette qu'il vient d'écraser sous la semelle de sa chaussure n'y est pas pour rien. La deuxième, c'est sa silhouette imposante de retraité vigoureux. Il porte le béret aussi bien que la moustache (mais cette deuxième est plus touffue) et garde les mains au chaud dans ses poches. Il est curieux de toquer à voix haute devant une porte entrouverte, mais il va falloir que je m'habitue à ne pas être habitué. Dorénavant, chaque jour sera une aventure sans fin.

Sa question prête à confusion. Ma réponse risque de faire de même.

— Techniquement oui, puisque vous avez pu rentrer, mais, euh, techniquement non, pas encore.

Je ne sais pas pourquoi je me sens intimidé. Il n'y a rien d'austère ni de sévère chez cet homme. Au contraire, il respire la bonhomie.

Il sort les mains de ses poches et les frotte vigoureusement, comme s'il était devant un feu de cheminée.

— Il fait meilleur chez vous, en tout cas !

J'ai plutôt intérêt. On m'avait prévenu que les hivers pouvaient être rigoureux par ici, mais pas qu'il s'agissait d'un euphémisme. Bon, je me doutais que maîtriser l'art du parler météo ferait partie du métier. C'est ce qui unit les êtres humains : quand il pleut, il pleut, quand il fait beau, tout le monde en profite, c'est du nivellement démocratique. Je n'aime pas nécessairement parler pour ne rien dire, mais si ça permet d'enfoncer les portes ouvertes de mon commerce, alors fonçons.

— Ah ça...

(Fonçons lentement.)

— Vous êtes nouveau, vous, non ?

— Euh, oui, je viens d'arriver, effectivement.

— Vous avez repris l'armurerie ?

Celle-là, je ne l'avais pas vue venir. Je regarde autour de moi, au cas où je me serais trompé de lieu ce matin (ça peut arriver), et je suis rassuré de voir que rien, mais alors absolument rien, ne ressemble de près ou de loin à un arsenal. Il faudrait vraiment y aller à fond avec les coupures de papier pour pouvoir infliger des dégâts à l'ennemi. Il serait indéniablement surpris, mais pas sûr que ça suffise à le faire battre en retraite.

— Pas vraiment.

— Non, parce que c'était une armurerie ici, avant, vous savez.

— Ah, non, je ne savais pas. Moi, je vends des livres. C'est une autre forme d'arme !

(Ha, ha ! Hum...)

Je suis nul en répartie lorsque je me sens acculé. Pourtant je suis maître des lieux. Il s'agirait de rectifier le tir, si je puis dire. À ma décharge (décidément), il m'a cueilli par surprise.

— Vous êtes pas du genre bricoleur, vous.

Jusqu'ici, il n'avait pas prêté attention au reste du magasin. Maintenant qu'il a levé les yeux aux murs, impossible de nier l'évidence.

— Si, enfin, du genre débutant qui débute.

— On peut pas être bon en tout ! Vous, votre truc, c'est les livres. Moi, j'en lis pas, je suis pas un intellectuel, disons. En revanche, ma femme... En tout cas, j'habite là-bas, au bout de la rue. Faudra venir manger à la maison, un de ces quatre !

Il me parle de nouveau avec les mains dans les poches de son manteau. Ce qui fait que je ne vois pas bien où se situe ce fameux « là-bas, au bout de la rue ».

On ne m'a jamais invité aussi rapidement de toute ma vie. Je ne sais pas ce que ça dit de lui ou de moi, mais ça m'a décontenancé. Si ça se trouve, il avait aussi invité l'armurier, et comme par hasard, personne ne sait ce qu'il est devenu. C'était peut-être lui, les bruits dans les murs. J'ai dû le faire fuir définitivement avec tout mon ramdam.

— Mais plutôt le mercredi. Le mercredi, c'est moitié prix pour la viande hachée chez le boucher. Ça vaut le coup.

Il retourne dehors se poster devant la porte. Il sort une cigarette de son paquet, l'allume et lève les yeux vers la devanture.

— Elle a pas de nom, votre boutique ?

— Je n'en ai pas trouvé.

Il faut dire que je n'ai pas cherché non plus.

— C'est bien d'avoir un nom pour une boutique, vous savez. Les gens parlent entre eux. Surtout ici. Et c'est plus facile de parler de quelque chose qui a un nom. Après, hein, je dis ça, j'y connais rien en bouquins. Faudrait que vous en discutiez avec ma femme.

Il ajoute, prenant soin d'éloigner sa cigarette de l'entrée du magasin de la main gauche tout en me tendant la main droite :

— En parlant de nom, moi, c'est Robert.

— Vivian.

— Vivian ? C'est un vrai prénom, ça ?

Il écrase alors sa cigarette avec son pied (j'imagine que ce sera à moi de ramasser le mégot) et me glisse, maintenant que les présentations sont faites :

— Vous savez ce qui aiderait ? Ce serait de mettre vos horaires sur la porte. Comme ça, les gens savent que vous êtes ouvert. C'est plus pratique.

Le problème, c'est que ça me force aussi à être ouvert. C'est pas pratique.

Il fait une légère pause et regarde de nouveau à l'intérieur.

— Vous êtes sûr de vous pour vos étagères, là ? Ça m'a pas l'air bien stable, votre histoire. Ce qu'on va faire, c'est que je vais aller chercher deux ou trois outils chez moi. On avance toujours plus vite à deux. Allez, à tout de suite !

Je crois que je me suis fait un copain.

6.

J'ai surtout regardé Robert travailler, j'ai tenté de me rendre utile sans être trop dans ses pattes. Et puis il a fini par me dire (avec néanmoins beaucoup de douceur) :

— Attends, t'es dans mes pattes, je termine de fixer les étagères. T'as qu'à aller... passer un coup de balai.

C'est une tâche qui entre dans mon champ de compétences.

En tout cas, il m'a impressionné par sa dextérité et sa capacité à trouver des solutions à tous les problèmes. Il a bien plus avancé en quelques heures que moi en plusieurs jours. Je suis même prêt à ouvrir dès demain. Je l'ai remercié mille fois et Robert est reparti, héros des temps modernes, sa boîte à outils à la main. Il faudra que je trouve un moyen de lui rendre la pareille. S'il a un jour besoin que je tienne une échelle pendant qu'il peint un plafond, je suis son homme.

J'ai faim. Il faut avouer qu'être témoin de tout cet exercice physique m'a ouvert l'appétit. Comme le frigo et les placards sont vides, je décide de partir à la recherche de nourriture, dans le froid et la nuit, tel un chasseur-cueilleur des temps modernes suivant les lumières à la trace. Elles ne sont pas très loin. Rien n'est très loin par ici. Au moins, je devrais trouver de quoi me dépanner sur la place du village.

Ah, la supérette locale est fermée. J'arrive trop tard. Idem pour le boucher, dont le rideau est baissé. Le logo sur la devanture représente un cochon mangeant un saucisson, et il semble me demander directement s'il est le seul à trouver que ça n'a aucun sens. Je ne peux que lui donner raison. Il faudra que je songe à me méfier de cette histoire de viande hachée soldée. À quelques mètres de là, la lumière de la boulangerie est quant à elle toujours allumée (ouf, sauvé). Une employée est en train de ranger délicatement les pâtisseries qui n'ont pas trouvé preneur. Les horaires affichés indiquent qu'elle devrait être fermée. C'est bien ma veine. Où est-ce que je suis tombé, moi ? Je trouverais plus facilement à manger sur une île déserte (alors même que mes capacités de survie s'approchent de mes qualités de bricoleur). Allez, je tente ma chance quand même. Ce serait dommage que je meure d'hypoglycémie la veille de l'ouverture de ma librairie.

Une sonnerie retentit au moment où je franchis la porte, et l'employée, une femme d'une cinquantaine d'années, charlotte sur la tête (pas le gâteau, hein, même si l'idée est amusante), semble surprise de me voir.

— Vous avez de la chance, normalement nous sommes fermés depuis trente minutes ! Mais j'ai renversé un bocal plein de bonbons tout à l'heure. Vous savez, les petits bonbons ronds ?

Autant vous dire qu'ils ne se laissent pas attraper facilement. Bref, que puis-je faire pour vous ?

Voilà beaucoup d'informations à digérer d'un coup. Je ne sais pas quoi répondre à cette histoire de bonbons qui roulent. Je n'ai jamais été très doué pour faire la conversation. Alors je souris poliment. La politesse, je connais. Tandis que je souris, je jette un regard circulaire aux étals. Ma fulgurante capacité d'analyse me mène à une conclusion simple : ils sont vides.

— Je me demandais s'il vous restait quelque chose à manger ?

— Oh, vous savez, en fin de journée comme ça, il ne reste pas grand-chose. J'ai un pain de campagne et quelques baguettes si vous voulez.

— Zut, tant pis. Vous savez où je pourrais trouver de quoi dîner par ici ?

— Mon pauvre monsieur ! Tout est fermé à cette heure-ci. Et le restaurant du village ne sert que pendant l'heure du déjeuner. Vous êtes de passage ?

— Plus ou moins... Je viens d'arriver, je m'apprête à ouvrir une boutique un peu plus bas dans la rue.

— Alors, bienvenue ! Vous avez bien fait de choisir ce village. Qu'est-ce que vous allez vendre ?

Je suis à deux doigts de lui répondre que je n'ai rien choisi, moi, mais, une fois de plus, l'idée de faire la conversation ne m'enchante guère.

— Je vais ouvrir une librairie.

— Quelle merveilleuse idée ! Je me souviens, il y a vingt ans, à deux pas d'ici il y avait une librairie. J'y allais pour acheter le journal, parfois. Elle s'appelle comment, votre librairie ? Que j'en parle autour de moi !

— Elle n'a pas de nom.

J'ajoute, pour ne pas paraître trop lunaire et parce que ça a l'air d'être une préoccupation partagée par mon nouveau copain, que c'est temporaire.

— Et vous allez vendre des journaux ? C'est vraiment une bonne idée, les journaux.

De nouveau, je souris plutôt que d'entrer dans les détails, ce qui permet à l'assemblée de profiter de mes borborygmes.

— Dites donc, quand vous avez faim, vous ne faites pas semblant ! Allez, entre commerçants, il faut bien s'entraider. Il me reste du jambon et du fromage dans les frigos, je peux vous faire un sandwich si vous le souhaitez.

Peut-être y a-t-il réellement un code d'honneur du commerçant qui se doit d'aider l'autre s'il est dans la panade. On ne m'avait pas prévenu. Si ça se trouve, un jour, je découvrirai sur le pas de ma porte un petit livre (je l'imagine rouge, je ne sais pas pourquoi) dans lequel tout sera explicité et qui m'intronisera officiellement. Je vais plutôt me la jouer justicier solitaire, c'est mieux. En attendant, j'accepte volontiers ce sandwich qui me sauve la vie. Un sandwich d'île finalement pas déserte. En tout cas, les gens sont très serviables, ici.

C'est louche.

Avant de me coucher, l'estomac relativement plein (la boulangère a ajouté un croissant un peu rassis mais pas totalement, selon ses dires, pour que j'ai un dessert), je prends bien soin de vérifier mes trois réveils. Un seul n'est évidemment pas suffisant. Deux, c'est pour prévenir une panne éventuelle. Trois, c'est pour les grandes occasions qui appellent un peu de paranoïa. Je l'assume totalement. D'autant plus que, compte tenu de mon degré de stress, je risque d'avoir du mal à m'endormir. Je ne peux pas me permettre d'ouvrir la librairie en retard demain.

Le premier jour, ça donnerait une mauvaise image. Je n'aurai pas cent occasions de faire bonne première impression. Allongé dans mon lit, les yeux grands ouverts, je visualise la taille du trottoir, la taille de la rue, la taille de la porte d'entrée. La boulangère, aux aurores, ne parlera que de moi à sa clientèle. Piqué de curiosité, chacun va vouloir venir voir de ses propres yeux LA nouvelle boutique. Ce sera la foule. J'espère qu'il y aura assez de place pour tout le monde. Qu'il ne pleuvra pas. Que personne n'en viendra aux mains pour être le premier à franchir la porte. Je devrais peut-être mettre mon réveil encore plus tôt pour leur apporter des thermos de café, à ces pauvres gens frigorifiés qui attendront leur tour.

7.

Me voici debout, deux heures plus tôt que prévu (l'effet combiné de l'adrénaline et d'une insomnie liée à la digestion difficile d'un croissant nocturne), prêt à affronter la foule des grands jours.

Je descends fébrilement ouvrir la porte, armé de la clé donnée par l'agence (j'étais un peu déçu, j'espérais un énorme trousseau), murmurant en guise d'entraînement quelques instructions : « ne vous bousculez pas, voyons », « il y en aura pour tout le monde, agissons de manière civilisée », « si quelqu'un a un pain au chocolat en rabe, je suis preneur ».

Ah, tiens.

Personne.

Il n'y a personne.

Ni dans la rue, ni sur le trottoir, ni devant la porte. Je me sens un peu bête, avec ma cafetière et mes gobelets. Disons que ça en fera plus pour moi. J'en ai bien besoin. Les clients finiront bien par arriver.

Comme il est important de prendre en compte les conseils de ses amis, j'écris mes horaires sur une feuille de papier qui traîne et l'appose sur la porte, à hauteur d'yeux. Plus j'avance dans la vie et moins mon écriture est lisible, mais, là, je m'applique.

C'est le moment de repasser un coup de chiffon sommaire sur chaque étagère, de vérifier que tout est présentable, bien droit, bien ordonné (je n'y connais pas grand-chose en livres, mais j'imagine que les lecteurs aiment que tout soit droit et ordonné), de reprendre une tasse de café, d'aller s'assurer que la porte n'a pas été fermée à clé par erreur. (Peut-être que j'ai fermé au lieu d'ouvrir et ouvert au lieu de fermer. Ce qui expliquerait beaucoup de choses.) Bref, c'est le moment de tuer le temps.

Je pense que c'est ce à quoi aurait pu ressembler une de mes fêtes d'anniversaire, enfant. Le café en moins. Heureusement, je n'ai jamais ressenti le besoin d'en organiser une. Ma mère, de son côté, était ravie d'avoir à trouver des activités et un gâteau pour deux personnes plutôt que de devoir emmener trente enfants à la piscine et engager un clown magicien.

Il m'apparaît soudain évident que je ne possède pas les compétences sociales requises pour mon nouveau métier. Tout ça parce que je n'ai jamais voulu partager mon gâteau d'anniversaire. Ni enfant. Ni adolescent. Ni adulte. Rares sont les personnes à en connaître la date, par ailleurs. Dans l'entreprise où je travaillais avant, j'avais même menti sur le sujet auprès de mes collègues en leur donnant une date en plein mois d'août. Parfait pour minimiser les festivités imposées. En tout cas, je mangerais bien du gâteau, là, tout de suite. Au risque de passer pour un obsessionnel de la nourriture.

Non mais, franchement, il se passe tellement de choses, dans ce village, qu'un nouveau commerce n'est pas le centre de toutes les discussions ? Et le bouche-à-oreille, alors ? Peut-être que la boulangerie n'était pas la caisse de résonance que j'imaginais. Je suis à la fois déçu et soulagé. C'est une très étrange sensation : comme si j'avais plongé dans le grand bain pour apprendre à nager avant de me rendre compte qu'en fait j'avais pied depuis le début.

J'aurais dû organiser une crémaillère, ou un baptême de boutique. Quelques chips, des jus de fruits, et le tour était joué. Ils auraient été nombreux à faire des kilomètres pour des chips gratuites. Et si j'installais un ruban, à l'entrée, qui serait déchiré par le premier à le franchir ? On est toujours heureux de franchir un ruban. C'est festif, ça appelle les cotillons, c'est synonyme de victoire. Pourquoi pas des médailles, d'ailleurs ? Pourquoi pas arrêter de divaguer, surtout ?

Rien de tel qu'une nouvelle tasse de café pour se recentrer. Je retourne donc rapidement dans la réserve, où d'autres étagères m'attendent, en plus de la cafetière. C'est là que j'ai entreposé mes fameux carnets. Je les regarde. Je soupire. Et l'eau qui coule me rappelle que j'ai autre chose d'urgent à faire. Sauf que je n'ose pas aller aux toilettes. Je vois venir la scène à des kilomètres : c'est obligatoirement *le* moment où quelqu'un voudra entrer. Et trouvera une librairie vide, triste et sans âme (puisque sans moi), de toute évidence abandonnée. Cette personne, influente bien entendu, ira ensuite le répéter façon traînée de poudre, et ma réputation sera faite. Sans autre forme de procès. Enfin, quand même, il est des besoins humains et naturels qu'il est difficile de contourner. Faute de quoi... je donne encore moins cher de ma réputation. Je me rue donc sur la porte pour la fermer et m'octroyer un peu de répit, le temps de faire ce que j'ai à faire.

Alors que je me dirige d'un pas (et d'une vessie) bien plus léger et déterminé vers l'entrée, j'aperçois une femme la tête collée contre la vitrine. Elle recule un instant pour effacer la buée qui s'est inévitablement formée au contact de sa respiration et reprend position. Lorsqu'elle me voit, elle se met à agiter frénétiquement les mains. Soit parce qu'elle est contente, soit parce qu'il faut aller sauver Bobby piégé au fond d'un puits. Je vais bientôt en avoir le cœur net.

— Vous ferez attention, dit-elle en passant la porte, vos horaires ne sont pas bons.

Elle le dit d'un ton jovial, comme si elle me rendait service en repérant une erreur factuelle.

— Ah si, ce sont les bons, c'est juste que j'ai dû... m'absenter quelques secondes.

— J'en étais sûre ! s'exclame-t-elle en regardant autour d'elle, profitant d'une bien meilleure vue à l'intérieur et ne prêtant absolument pas attention à ce que je viens de dire. Les copines ne voulaient pas me croire !

Elle doit avoir une soixantaine d'années et porte son chignon et son sac à main fièrement.

Elle commence à déambuler entre les tables et les étagères, à feuilleter quelques livres presque machinalement. Je me sens jugé. Je ne sais pas trop où me mettre, alors j'opte pour la sécurité et pars me réfugier là où personne ne peut m'atteindre, à savoir derrière le comptoir. Il existe cet accord tacite, cette délimitation invisible, cette barrière infranchissable entre les clients et le libraire. Il ne viendrait à l'idée de personne de braver cet interdit.

— Je ne devrais pas vous le dire, mais nous avons lancé un petit pari entre nous, depuis qu'il n'y a plus le panneau à louer. Moi, j'avais dit un magasin de chaussures. Parce que ça manque, dans le village, un magasin de chaussures. Josiane, elle avait pensé à un fleuriste. Je trouvais que c'était une bonne idée. Mais elle l'a eue en premier. J'allais quand même pas la lui piquer.

Voilà qu'elle passe un doigt sur une des couvertures, dont je n'arrive pas à lire le titre, pour s'assurer qu'il n'y a pas de poussière. Au moins, je ne suis pas parano, je suis bel et bien jugé. Sur le ménage, étonnamment, mais jugé quand même. Elle s'empare ensuite de trois livres, tous posés sur la même table, mais assez éloignés les uns des autres (la table est grande), et elle les empile. Cette fois, je reconnais les couvertures. Il s'agit de *Millénium*. Les trois volumes. L'avantage des couvertures noires, c'est qu'on remarque tout de suite la poussière. Même pas besoin de passer le doigt dessus.

— Pardonnez-moi, mais ça me rendait folle qu'ils ne soient pas ensemble. C'est mieux comme ça, vous ne trouvez pas ?

— Disons que nous avons tous notre façon d'ordonner les choses.

— C'est vrai. Mais vous ferez attention, ajoute-t-elle en pointant la table du doigt, il y a des trous à présent. Il faudra mettre d'autres livres à la place.

Elle continue son petit tour et s'arrête devant la porte de la réserve. Je sens qu'elle n'a qu'une envie, celle d'appuyer sur la poignée pour y jeter un œil, mais elle se ravise, consciente qu'il y a tout de même des notions de politesse à respecter. Elle se tourne de nouveau vers moi.

— Ils ne vous ont sûrement rien dit à l'agence pour ne pas vous faire peur, mais c'était une armurerie, ici, avant. Oh, c'est fermé depuis des années, mais on racontait des choses...

— Oui, j'entends des bruits.

J'évite d'ajouter qu'ils se trouvent dans les murs, c'est un coup à ce qu'on m'évite pour de bon.

— C'est normal, c'est un petit village, les gens aiment parler ! En tout cas, nous sommes tous heureux au village de vous accueillir, vous savez. Vous vous plairez bien, ici. En hiver, bon, c'est un peu morne. Comme partout, cela dit, sinon ce ne serait pas l'hiver ! Mais vous verrez, au printemps, tout prend vie. Et je suis sûre que les gens viendront acheter des livres au printemps. C'est un temps qui donne envie de lire. Pas comme l'hiver. Vous n'avez pas choisi le meilleur moment ! Merci, monsieur, bonne journée !

Elle est partie, me laissant de jolies traces de doigts sur la vitrine en souvenir. À croire qu'elle n'est maniaque qu'à l'intérieur. Au moins, j'aurai de quoi m'occuper si personne d'autre ne passe de la journée.

Je n'imaginais pas que le commerce impliquerait si peu de commerce. Je vais devoir revoir mes attentes à la baisse. Remarquez, c'est le meilleur moyen de ne jamais être déçu. En attendant, il me faut un autre café. C'est quoi, le record mondial de nombre de tasses sur une période de dix heures ?

La journée se termine. Affalé dans le canapé, je songe que si c'est une représentation fidèle de ce à quoi je dois m'attendre dans les semaines, les mois qui viennent, le temps va me paraître très long. Certes, il y a eu ce qu'on appelle dans le jargon du commerce un rush, à un moment. Une vague. Une vaguelette. Une mini-ola de trois ou quatre personnes déambulant en même temps dans la librairie. Je me sentais pataud, dans mon coin, mal à l'aise. Pas à ma place. Alors qu'il n'y a pas meilleure place que derrière le comptoir. Quelques fois, on m'a demandé des renseignements, et je n'ai réussi qu'à balbutier des phrases convenues. Qu'est-ce que j'imaginais, au juste ? Que j'allais me mettre à parler littérature, comme si de rien était ? Balayer des années de souffrance en un clin d'œil ? Tout ce qui m'entoure, ici, me remémore le passé. Je suis à deux doigts de mettre un rideau sur les tables pour ne plus avoir les livres sous les yeux à longueur de journée. Ce qui serait un poil radical. Ou très mystérieux. Je tenterai peut-être l'expérience. J'ai eu de la chance, personne ne m'a vraiment demandé conseil. J'ai même vendu quelques livres.

Pour le tout premier, j'espérais quelque chose d'un peu plus solennel. Je pensais que ça provoquerait chez moi une émotion forte. Le début officiel de ma nouvelle vie. Or, la transaction a été assez banale. Un jeune homme d'une vingtaine d'années sans signe distinctif (à moins que l'absence de signe distinctif en soit un ?) est venu, a regardé quelques livres, est tombé sur celui qui de toute évidence l'inspirait plus que les autres, me l'a apporté au comptoir et m'a réglé comptant.

— Tiens, ça s'appelle *Sur la route* (de Kerouac). C'est amusant.

Le client m'a souri, mais je sais reconnaître un sourire poli quand j'en vois un. Il n'a pas saisi la perche tendue. De toute façon, je ne pense pas que je serais rentré dans les détails de l'histoire merveilleuse de ma vie récente. Ce qui n'empêche que je trouve le titre fort à propos.

Je ne sais pas quel signe je dois y voir, ni qui me l'envoie, mais j'ai ma petite idée.

ENFANCE
(Première partie)

— Dépêche-toi, Vivian, tu vas encore être en retard !

Ma maman est d'une patience très relative le matin. Enfin, en l'occurrence, c'est surtout que je l'empêche de lire. Ma maman aime lire. Sans que je sois dans ses pattes. Sauf que, moi, j'aime prendre mon temps et compter les céréales. Pas trop non plus sinon elles deviennent complètement molles, et ça, on ne veut pas. La texture doit rester parfaite et respecter le bon ratio entre la fermeté de la céréale et le goût du sucre dans le lait. Mais allez faire comprendre ça à une adulte. Je termine mon bol et fonce me brosser les dents, puis redescends, toujours en fonçant, tandis que ma maman, confortablement allongée sur le canapé, ne lève toujours pas les yeux de son livre. Pourtant, je sais qu'elle voit tout.

— N'hésite pas à marcher encore plus lentement, surtout.

D'accord, « foncer » est peut-être un bien grand mot. À croire que la motivation de ma maman à me voir sortir de la maison est inversement proportionnelle à mon envie d'aller à l'école.

Elle pose son livre et me regarde de bas en haut (ce qui ne prend pas énormément de temps).

— C'est pas aujourd'hui, ta photo de classe ?

— Si, pourquoi ?

— Parce que tu as une tache de dentifrice sur ton pull. Va te changer.

— C'est pas grave, comme ça tout le monde saura que je me suis lavé les dents, rétorqué-je en me léchant le pull.

— Tout le monde saura surtout que t'es un cochon. Et que je te laisse sortir avec des habits sales. Pour quel genre de mère je vais passer, moi ? Allez, file.

Elle exagère. Ce que mes dix années de présence en ces lieux m'ont appris, c'est que ma maman se moque éperdument de ce que peuvent bien penser les autres parents de sa manière de gérer les choses. La chose en question étant souvent moi. Mais je sais aussi qu'il n'est pas judicieux de vouloir lui tenir tête. La bataille est perdue d'avance.

Je monte dans ma chambre, prends un autre pull au hasard dans mon placard, dévale l'escalier et me dis que, à en croire les yeux levés au ciel de ma maman, le hasard vient de rendre ma journée un peu plus audacieuse.

Ma maman est très occupée, mais elle passe son temps libre à lire. J'ai des consignes très strictes sur le sujet, d'ailleurs. J'ai le droit de vivre ma vie (c'est déjà ça), mais, sauf urgence vitale, je ne dois pas m'aviser de la déranger quand elle est allongée dans le canapé, la tête sur l'accoudoir, un livre posé sur les genoux. Elle m'a expliqué tout ça dès mon plus jeune âge, alors que moi-même je ne savais pas encore lire. Un jour, j'avais six ans, elle m'a officiellement convoqué dans son bureau, qui se trouve dans la grande bibliothèque, là où il y a tous les livres. Là où il y a tellement de livres. Même maintenant, quatre ans plus tard, je ne suis pas sûr de connaître de nombre assez grand pour pouvoir tous les compter.

— Vivian, je veux que tu m'écoutes très attentivement.

— Oui, maman.

— Tu es prêt ?

Je n'avais absolument aucune idée de ce qu'elle allait m'annoncer. Je me souviens que j'espérais surtout ne pas avoir à déménager, parce que j'avais un copain qui avait déménagé l'année précédente et il était tout triste. Je n'avais pas envie d'être triste, ça avait l'air nul, d'être triste. On se retrouve tout seul, quand on est triste. Mais allez. J'étais prêt. C'était pas vraiment un copain de toute façon. Maman s'est levée de sa chaise et s'est agenouillée devant moi. Elle m'a pris la main pour s'assurer que j'écoutais bien et que j'avais conscience de l'importance de ce qu'elle allait m'annoncer.

— Parfois, maman a besoin de souffler un peu parce que tu peux être un peu… parce qu'elle est fatiguée. Oui, voilà, fatiguée. Et pour souffler, j'ai besoin de temps à moi pour lire. Tu comprends ?

— Ça veut dire qu'on ne déménage pas ?

— J'ai pas l'impression que tu m'écoutes, Vivian. On reprend. Quand je suis fatiguée, j'ai besoin de quoi ?

— De lire.
— Parfait. Et pour lire, il faut quoi ?
— Des livres.
— Oui, c'est vrai.
Un point pour moi.
— Mais il faut aussi du silence.
Hmm. Peut-être. Je me disais bien que c'était trop facile, qu'il devait y avoir un piège. C'est vrai que, quand elle me lit une histoire, le soir, je n'ai pas le droit de parler. C'est en rapport avec la concentration. Ou je ne sais plus quoi.
— Donc, quand tu me vois avec un livre dans les mains, surtout, surtout tu ne me déranges pas. Même si tu penses que c'est urgent. Même si la maison est en feu. Au pire, je finirai par m'en apercevoir. Est-ce que c'est clair ?
— Oui, maman.
J'ai répondu un peu machinalement, parce qu'à vrai dire, à ce moment-là, j'étais en train d'imaginer la maison en feu, ma maman en train de lire, et moi ne disant rien, un peu paniqué, me demandant quel jouet j'allais pouvoir sauver.
— Bien. Je vais à présent te montrer comment j'aime mon thé.

Mon cartable sur le dos, je suis à présent prêt à affronter le monde extérieur. Mais, avant ça, je dois me confronter à notre rituel. Maman pose son livre, se lève du canapé et me rejoint dans l'entrée pour me faire un bisou et me souhaiter une bonne journée. Puis passe sa main dans mes cheveux pour les ébouriffer, alors qu'elle sait que j'ai pris le temps de les coiffer.
— Mais, maman, c'est la photo de classe !

— Tu n'es plus à ça près, va, me répond-elle en souriant. Ne va pas rater le bus, ajoute-t-elle, redevenant sérieuse et menaçante.

Elle sait pertinemment que je préfère avoir les cheveux en bataille. Je les coiffe exprès pour qu'elle puisse les décoiffer.

Il existe une hiérarchie clairement établie, dans les transports scolaires. Ma place à moi se situe quelque part au milieu. Je participe à ma manière à l'équilibre du monde en évoluant toujours dans les eaux tièdes de la vie. De toute façon, il n'est jamais très bon de se faire remarquer. Surtout quand on a raté le coche de la popularité. Je me démarque par le fait que je ne me démarque pas de mes habitudes. Un rapide coup d'œil circulaire m'indique que mes petits camarades, eux, ont bien compris les enjeux du jour : la postérité de la photo à envoyer à toute la famille, celle qui fera dire, ou non, que oh, qu'est-ce qu'il est mignon, et qu'est-ce qu'il a grandi (c'est important, de grandir vite, à cet âge).

Je prends place, les yeux rivés sur le sol, et constate deux choses. La première, c'est qu'il y a une trace sur la moquette, que je n'avais jamais repérée jusque-là. Voilà qui est excitant. Et un peu écœurant. La seconde, c'est que j'ai enfilé des chaussettes dépareillées. Ma maman a mis en place tout un système pour que je choisisse correctement mes chaussettes. Et que je pense à les changer quotidiennement. Sinon ça fait des champignons et je ne sais plus quoi d'autre. Elle m'a donc acheté des paires de couleurs différentes, sur lesquelles, astuce suprême, a été brodés le nom des jours de la semaine. Il faut donc une sacrée dose de mauvaise volonté pour se tromper. Or, je vois une chaussette bleue à gauche. Et une chaussette jaune à droite. Sur l'une est écrit « mardi » et sur l'autre « vendredi ». Nous ne sommes ni l'un ni l'autre. Aucune idée de comment ça a pu arriver. Mes envies de rébellion étant très contenues, je n'aurai qu'à dire que j'ai été somnambule. D'ailleurs, il paraît que je le suis : ma maman m'a déjà vu errant dans le couloir de la maison, traînant ma couette derrière moi. Apparemment, ça l'a surprise. Mais moins que la fois où je me suis mystérieusement téléporté dans son lit. Pleine de compassion, elle m'a donné exactement dix secondes pour retourner dans le mien. Ce que j'ai fait, sans même traîner de couette derrière moi.

Je ne suis pas populaire, ça, j'ai bien eu l'occasion de le constater. Je me suis présenté plus tôt dans l'année pour être délégué de classe. C'était une idée d'autant plus saugrenue que ma tactique jusque-là tout au long de ma scolarité avait été de ne pas faire de vagues. Mais je n'ai pas eu le choix. M. Picard, notre instituteur de CM2, a expliqué que tout le monde était volontaire. Que c'était ça, la démocratie. Je n'étais pas convaincu par le raisonnement mais, le résultat étant là, je devais donc écrire un discours qui serait clamé devant la classe. Trente élèves prêts à se faire élire en promettant des frites à la cantine tous les jours, la journée allait être longue.

Je dois reconnaître que je me suis pris au jeu. Quand ça a été mon tour, je suis monté sur l'estrade, parfaitement solennel, et je me suis lancé :

— Salut la classe, comment ça va ?

Silence assourdissant. On entendait juste le bruit du doigt de Mathias se curant le nez, tout là-bas. Il était peut-être un peu tôt pour demander ça, personne ne sait vraiment comment il se sent avant au moins la moitié de la matinée. Mais la suite n'a pas été beaucoup plus glorieuse. Quand Mathias a eu fini de se curer le nez, M. Picard est intervenu, m'intimant de descendre de scène.

— Merci, Vivian. C'était... intéressant. Allez, à qui le tour ?

Je n'ai recueilli aucune voix, même pas la mienne. Mais je ne suis pas devenu impopulaire pour autant. Personne ne se moque de moi (enfin, pas devant moi en tout cas) et je peux même dire avec fierté qu'en cours de sport je ne suis pas choisi en dernier. Ce sont de maigres victoires, mais des victoires quand même. Finalement, je ne suis ni visible, ni invisible. Dans quelques années, lorsque les anciens élèves de ma classe regarderont la photo et y verront ma tête et mes chaussettes dépareillées, ils seront nombreux à ne pas être capables de citer mon nom de famille. Voire mon prénom. Qui est pourtant singulier. C'est bien la peine.

Encore faut-il que j'y sois, sur cette photo.

Pour ça, on nous demande de nous mettre deux par deux, en rang. La fille à côté de moi (elle s'appelle Camille) préfère ne pas me parler (elle sait à peine que je m'appelle Vivian), et toute la classe avance sagement en direction de la cantine. Chaque année, c'est là que la photo de classe est prise, au milieu d'odeurs un peu suspectes. Je ne sais pas si je suis difficile en matière de nourriture. Je ne crois pas. Ma maman m'a appris que, en mettant du ketchup un peu partout, ça passait. C'est une technique imparable. Qui ne fonctionne pas à l'école, puisqu'ils n'en fournissent pas, mais c'est un détail. En tout cas, là, ça sent le poisson pané. C'est un peu violent juste après mes céréales, mais ça fait partie de l'expérience scolaire.

D'habitude, j'aime bien être assis sur le banc tandis que les autres sont debout derrière, c'est reposant. Mais, cette année, j'ai envie de changement. D'un peu moins d'exposition (on ne voit que vous, devant). Aussi, j'aimerais que personne ne remarque mes chaussettes. Surtout pas maman.

— Vivian ?

— Oui, monsieur Picard ?

— Le photographe t'a demandé de t'asseoir devant. S'il te plaît, ne retarde pas la classe.

Voilà qui ne m'arrange pas du tout. Ça se voit, pourtant, que j'ai grandi. Que j'ai toute ma place à l'arrière. Au moins, dans le rang du milieu. Je suis sûr que le photographe s'est contenté de regarder les photos des années précédentes et qu'il s'est basé dessus pour son plan de table de la classe. Du travail effectué par-dessus la jambe, sans aucune vision artistique.

Tout le monde est déjà en place et semble s'impatienter. Alors qu'il n'y a pas de quoi. Tâchons de ne pas oublier que, pendant ce temps, personne ne travaille. S'agirait de voir la vie dans sa globalité, tout de même, plutôt que d'avoir les yeux constamment baissés sur ses pieds. D'ailleurs, en parlant de ça...

— Je me disais que cette année je pourrais peut-être me mettre au fond ? Pour changer un peu ? À côté de Camille, par exemple. Elle est d'accord, elle me l'a dit tout à l'heure dans la file.

L'intéressée m'adresse un regard interloqué, comme si elle me rencontrait pour la première fois. Ce qui n'est pas impossible, dans son univers à elle. Je ne sais pas ce qui m'arrive. Je n'aime pas mentir, en général. Enfin, c'est pas tant que je n'aime pas ça, c'est surtout que je suis super nul. Il y a eu un incident, un jour. Appelons-le « l'incident de la fausse signature ». Ce n'était pas le moment le plus glorieux de ma carrière d'élève. Toujours est-il que depuis j'ai promis à ma maman et à moi-même que je ne mentirais plus. Mais il y a parfois des cas de force majeure.

— Il n'y a pas de place à côté de Cam...

— Super, merci, monsieur Picard !

Il n'est pas simple de faire passer un refus pour une approbation, mais j'y vais à l'énergie du désespoir. J'enjambe le premier rang, aux yeux duquel je suis celui qui a osé défier les lois les plus élémentaires de la photo de classe et qui me regarde avec admiration (un jour, ce sera votre tour, promis), puis je tente de me faufiler le plus discrètement possible au milieu. Je ne suis pas très épais, et si chacun y met du sien en se décalant de quelques centimètres, ce sera un jeu d'enfant.

Sauf que ça a plutôt été un jeu de quilles. Ou de chamboule-tout. Aucun n'a voulu se décaler, préférant me lancer un regard assassin (personne n'aime perdre sa place, surtout au milieu), faisant bloc. Vraiment, il aurait suffi de quelques centimètres, d'un peu de bonne volonté, d'un poil de solidarité entre gens moyens, ni trop petits, ni trop grands. Mais on m'a tourné le dos. Littéralement. Un des élèves s'est retourné pile au moment où je passais à son niveau, m'envoyant valser parmi mes camarades, avec un certain effet domino dans un grand fatras inimaginable.

Il y a des moments où je préférerais être somnambule.

Personne n'a été blessé. Ou presque. Quelques bobos, quelques bleus sur des tibias, mais ça aurait pu être pire. C'est ce que me dit M. Picard, en tout cas, même si personnellement je trouve qu'il a une légère tendance à la dramatisation. J'étais à l'épicentre du séisme et je n'ai rien, donc bon.

— Mais enfin, qu'est-ce qui a bien pu te passer par la tête ? Tu retardes toutes les classes d'après.

Dans un éclair de lucidité, je renonce à lui faire remarquer que notre classe de CM2 était la dernière à passer et que, par définition, je n'ai retardé personne.

— Tu as gagné un tour gratuit dans le bureau la directrice. Tu lui expliqueras tout ça, moi, je ne veux plus te voir.

Je savais que cette pièce existait – elle est source de nombreuses légendes –, mais je ne m'imaginais pas y mettre un jour les pieds. Je suis du genre à ne pas faire de vagues, après tout. La secrétaire m'a ordonné de m'asseoir sur la chaise en attendant que la directrice vienne me chercher et de ne pas faire un bruit. Je ne vois pas bien avec quoi je ferais du bruit, puisqu'il n'y a qu'un comptoir, une chaise et un ficus posé dans un coin, qu'on me demandera peut-être d'arroser avant de sortir. J'obéis volontiers. Parce que je me suis bien assez fait remarquer pour aujourd'hui, déjà, mais aussi parce que je n'en mène pas large. La vraie torture est dans l'attente. Je soupçonne la directrice de le savoir parfaitement.

Soudain, elle ouvre la porte.

— Vivian, tu peux entrer.

Je ne suis pas convaincu que ce soit bon signe qu'elle connaisse mon prénom. Elle doit avoir un dossier conséquent sur chaque élève, qu'elle consulte avant de les recevoir dans son bureau. S'il remonte jusqu'à l'incident dans le bac à sable avec Fabien, en deuxième année de maternelle, je suis fichu.

La fenêtre donne directement sur la cour de récréation, et il n'y a pas de rideaux. Il fait beau, tiens, c'est une journée agréable. Je serais mieux de l'autre côté. Surtout que je ne suis pas habitué à l'avoir pour moi tout seul, la cour, qui est présentement déserte.

— Raconte-moi ce qu'il s'est passé.

La directrice doit avoir l'âge de ma maman. Mais elle a l'air moins sévère. Ce qui peut paraître paradoxal. C'est peut-être dû au fait que ma maman porte des lunettes. La directrice a une voix très douce, aussi. Une voix qui ne semble pas faite pour crier sur des enfants.

Je fais de mon mieux malgré mon léger trac (parler devant un public, c'est une chose, devoir s'expliquer devant la directrice, c'est une autre paire de manches). Je commence par les chaussettes, levant les jambes de mon pantalon pour la convaincre que je dis la vérité, tout en expliquant cette histoire de jours de la semaine, de couleurs.

— Je vais te demander d'aller à l'essentiel, sinon nous y serons encore demain.

C'est moi, ou la douceur dans sa voix commence à s'estomper ? Les chaussettes sont pourtant essentielles. Mais d'accord. Résumons encore plus. Voyons. Comment expliquer tout cela simplement ?

C'est à ce moment-là, alors que je cherche l'inspiration dans le reflet de la vitre, que ma vie change brusquement.

Elle est là.

Au bout de la cour de récréation.

Assise sur le banc.

Personne ne s'y assoit, sur ce banc. C'est une règle tacite mais très stricte. La position debout est tolérée ; on peut éventuellement s'en servir de tremplin ou de marchepied pour aller chercher la balle, mais c'est tout. Je ne sais pas qui s'occupe de rédiger les conditions générales d'utilisation de la cour de récréation, mais tout me paraissait parfaitement logique lorsqu'on me l'avait expliqué. Je ne suis pas du genre à remettre en question les formes d'autorité. D'ailleurs, en parlant d'autorité :

— Vivian ?

— Oui, pardon madame.

Je voudrais savoir si elle aussi voit la fille sur le banc. Si ce n'est pas le fruit de mon imagination. Peut-être me suis-je cogné la tête sans m'en rendre compte. Après tout, si c'est une élève, pourquoi n'est-elle pas en classe ? Si ce n'est pas une élève, que fait-elle ici ? Je ne fais pas toujours très attention à mes camarades, mais je suis certain de ne jamais l'avoir vue avant, elle. Je m'abstiens de demander quoi que ce soit à la directrice. Un réflexe de survie, peut-être.

Pour l'incident, je préfère m'en tenir aux faits, que je présente sous un angle assez favorable, tant qu'à faire, expliquant que tout cela n'est qu'un malentendu, que j'avais l'autorisation d'aller me mettre debout à l'arrière, mais que les bancs sont trop étroits et que patatras, vous voyez, c'est rien qu'un accident.

À la mention du mot « banc », je regarde de nouveau discrètement dehors. Il est toujours à sa place, et la fille aussi. Rien ne semble pouvoir la perturber. Elle est assise au centre, bien droite, et surtout toujours absorbée par le livre qu'elle tient sur ses genoux, ouvert au milieu. Je ne peux pas en voir la couverture de là où je suis, mais, à en juger par son format, je dirais qu'il s'agit d'un roman. En tout cas, il ne ressemble pas du tout à un livre de classe. J'ai appris qu'il ne faut jamais déranger une personne qui lit (surtout quand cette personne est ma maman, dont les pouvoirs sur moi sont infinis). Mais je n'avais jamais observé cette espèce d'abandon total, de sérénité absolue due à l'immersion dans la lecture. Il faut dire que, si je commence à regarder ma maman lire, c'est un coup à ce qu'elle pose son livre et qu'elle me demande si je n'ai pas mieux à faire que de la dévisager. Je n'ai jamais pensé à découvrir ce qui lui plaisait tant dans la lecture.

En revanche, j'ai bien l'intention d'en savoir plus sur la fille du banc.

Elle semble détenir un secret.

Je le vois à son léger et discret sourire en coin. Un sourire qui dit qu'elle se moque de savoir s'il y a une règle qui interdit de s'asseoir ici. Un sourire qui ralentit le temps. Moi-même, je ne suis pas sûr de bien savoir où je suis.

Tout ça grâce à ce livre.

8.

On ne m'avait pas prévenu qu'il serait aussi compliqué de rester debout toute la journée. Ce n'est pas comme si j'avais parlé à qui que ce soit de mon projet, mais c'est ma façon de dire que je ne me pose pas toujours les bonnes questions. Après quelques semaines de ce régime, j'ai les jambes affreusement lourdes. Si j'avais su, j'aurais prévu un tabouret à mettre derrière le comptoir. Ou une chaise. Ou un pouf. C'est confortable, un pouf, à défaut d'être pratique. Je suis en train de répéter en boucle le mot « pouf » dans ma tête lorsqu'il entre.

Manifestement, il est essoufflé. À la limite de la crise cardiaque.

Ce qui est traître, c'est que la librairie se situe en haut d'une côte. De celle qu'on regarde d'en bas en se disant qu'on n'aimerait pas la grimper à vélo. Or, lui, c'est ce qu'il a fait.

Il n'est pas seulement essoufflé, il est aussi trempé. Il s'est battu avec son vélo pour le faire tenir contre la vitrine. C'est de la physique élémentaire, mais elle n'a pas l'air de jouer en sa faveur aujourd'hui. La pluie battante, l'angle de la côte, la gravité : les astres se sont alignés pour sa souffrance rien qu'à lui.

— Bonjour, articule-t-il, pantelant.

Il arrive à parler. C'est déjà ça.

Ce que le commerce m'a appris (enfin, le commerce et ma mère), c'est qu'il faut dire bonjour. Et au revoir. Y compris à ceux qui ne répondent pas. Là, en l'occurrence, il a dit bonjour en premier. L'échange est enclenché. C'est à moi de jouer.

— Bonjour, dis-je, plongeant dans ma panoplie de réponses appropriées.

Voilà, sobre, direct, pas besoin d'en rajouter.

— Si ça ne vous embête pas, je vais m'asseoir par terre. Juste le temps de reprendre mon souffle. Surtout, ne vous inquiétez pas.

La librairie est vide, de toute façon. Il pourrait même sortir une craie pour dessiner une marelle que ça ne changerait rien. La boulangère m'a dit un jour que la pluie était l'alliée du libraire. Tu parles. On ne se précipite jamais dehors quand il pleut. Encore moins pour acheter du papier.

— Bien sûr, allez-y. Par contre, je vous préviens, je n'ai pas encore lavé le sol aujourd'hui.

Cette phrase pourrait sous-entendre que je le lave tous les jours. Ce qui est faux. C'est juste que j'en avais l'intention. Disons, pour être précis, que l'intention avoisinait les dix pour cent. C'est mieux que zéro.

Une fois allongé, il regarde autour de lui.

— Je voyais ça plus grand.

Il se relève, s'aidant du comptoir. Je m'attends à ce qu'il se secoue comme un chien pour se sécher, mais non. Ce n'est pas plus mal.

— Je ne vous imaginais pas non plus comme ça, ajoute-t-il du fond du magasin.

La conversation est désormais engagée et bat son plein.

— Ah ? Vous me voyiez plus grand, moi aussi ?

— Oui. Enfin, non. Vous ressemblez à un de mes cousins.

— D'accord.

« D'accord » est ma formule magique quand je ne sais pas quoi répondre. C'est poli et, en général, ça clôt les débats.

— Mais mon cousin est sympa. N'allez pas croire, je ne vous insulte pas. J'espérais juste autre chose. Il n'y a rien de personnel.

C'était bien la peine de répondre « d'accord ». Donc, si je résume, cet homme est venu exprès pour découvrir la librairie et s'était fait tout un fantasme à mon sujet. Curieux. Qu'est-ce qu'il pouvait bien s'imaginer ? D'autant plus que j'aime mon anonymat loin de la lumière. Je n'ai aucune intention de devenir une attraction. Disons que ça ne ravive pas des souvenirs très précieux. Mais, après tout, il faut bien que je trouve un juste équilibre et qu'une clientèle curieuse de découvrir la librairie (et non le libraire) se fraie un chemin jusqu'ici.

— Par exemple, j'ai l'impression que vous ne mettez pas de mots sur vos livres. C'est dommage. Ma libraire le faisait. Ça permettait de s'y retrouver.

S'y retrouver, c'est vite dit : si je devais écrire des mots sur les livres, ce serait nécessairement à l'aveugle, en jouant aux devinettes avec les couvertures et les titres. Surtout que, parfois, les photos d'illustration n'ont aucun rapport avec le sujet.

— Vous n'avez pas non plus de signalétique. C'est pas franchement pratique. Si on cherche un polar historique, on est obligé de regarder aussi le rayon poésie. C'est pas pareil. On ne sait pas où aller. Ma libraire aurait trouvé ça insupportable.

C'est la deuxième fois qu'il utilise le possessif pour parler de la librairie qu'il fréquentait par le passé. J'aime beaucoup cette notion d'attachement et d'exclusivité, ce rapport intime qui dépasse les clivages dès qu'il est question d'argent dans une relation. Je commence à me dire que sa venue est peut-être motivée par autre chose que la critique. Ou alors c'est un inspecteur du *Guide des libraires*. Comme pour les guides culinaires. Il est là incognito pour me mettre une étoile.

Je n'ai jamais eu d'étoile de ma vie. Juste un ourson, au ski. J'aimerais bien.

— Vous n'avez pas de coup de cœur ? Un livre qui vous aurait particulièrement marqué récemment, sur lequel vous auriez pu mettre un petit mot ?

Récemment ? Il n'y a pas de récemment dans ma vie, en matière de lecture. Il n'y aura plus de récemment. Le récemment est relégué dans le passé, bien à sa place. Ma dernière lecture marquante est tout sauf récente.

Bon, il n'a aucune idée de ce qu'il veut. Je n'ai aucune idée de ce qu'il veut. L'immense majorité de la clientèle se sert toute seule, ce qui m'arrange. Or cet homme a besoin d'être guidé un minimum. Le minimum, je sais faire, en général, mais dans le cas présent, par où commencer ? Le plus simple, c'est d'improviser et de foncer tête baissée.

— Que pouvez-vous me dire sur vous ? Nous avancerons à partir de là.

Je ne sais même pas pourquoi je lui pose cette question. Qu'est-ce que je pense accomplir, au juste ? Gagner du temps, déjà. Et lui offrir l'écoute qu'il est peut-être venu chercher en franchissant la porte de la librairie. Car l'écoute, c'est dans mes cordes.

C'est ainsi qu'il se met à me parler de sa femme. Et ses yeux s'illuminent.

Au début de leur relation, leur plaisir consistait à faire le marché toutes les semaines avant d'aller, à quelques pas de là, en direction de la librairie de quartier. C'était chaleureux, le tutoiement y était facile et il leur était impossible de ne pas repartir avec quelques livres à chaque fois, invariablement conseillés par la libraire, qui avait appris à connaître leurs goûts. Il ajoute que c'est le rôle d'un libraire, après tout : accueillir, faire découvrir, échanger… Oui, bon, je fais ce que je peux, hein. Sans trop forcer sur la partie « découverte », c'est vrai. Ni sur la partie « échange ». Mais c'est de leur faute, aux livres. C'est eux qui ont commencé.

— Elle connaissait tellement bien les goûts de ma femme que je ne pouvais pas me tromper en lui faisant un cadeau, là-bas. Elle s'y attendait à tous les coups, mais il n'y avait que ça qui lui fasse réellement plaisir. C'était devenu notre rituel.

Mon cycliste de passage poursuit son histoire. Pour des raisons professionnelles, sa femme et lui ont dû déménager, s'éloignant inéluctablement de leur librairie fétiche. Cette routine perdue, ils ont commencé à s'éloigner, à cesser de s'offrir des livres et donc de discuter de leurs lectures, le soir, autour d'un verre de vin. Il se rend compte avec le recul que ces échanges étaient surtout une occasion pour eux, de manière un peu innocente, de se dire les choses. De contourner les questions directes. De confronter leurs regards sur la vie. De débattre et de continuer à apprendre à se connaître. Sans jugement. Toujours dans l'écoute. Mais la distance s'est creusée et il se rend compte désormais à quel point cette librairie était l'un des ciments de leur histoire.

— J'ai besoin de votre aide. Pour offrir le livre parfait. Celui qui dira à ma femme que nos échanges me manquent. Qu'elle me manque.

L'enjeu est important. Je ne peux pas me contenter de piocher un livre au hasard en croisant les doigts les yeux fermés pour tomber miraculeusement sur LE livre susceptible de raviver la flamme vacillante de leur amour. Je n'ai aucun problème à exposer mes propres vulnérabilités, mais je me vois mal lui expliquer qu'il est fichu, que je n'ai pas ouvert un livre depuis mes dix ans, et que son couple a d'ailleurs peut-être fait son temps.

— Je reviens, je... Il faut que je fasse un tour aux toilettes.

J'ai un peu paniqué. C'est moins impressionnant que Superman dans sa cabine téléphonique (encore que), mais ça a le mérite d'être plausible, et puis on fait avec les moyens du bord.

Une fois dans la réserve, je ferme soigneusement la porte derrière moi. Planté devant l'étagère contenant les carnets, je ferme les yeux. Je me concentre. Ce n'est pas le moment de céder à la panique. J'inspire. J'expire. Je peux le faire. Je dois le faire. Je commence alors à fouiller. J'y arriverais bien mieux si mes mains ne tremblaient pas autant, mais elles finissent par se stabiliser, mettant brièvement en sourdine mon intime conviction d'être un imposteur. Il n'est pas question de moi, là. Mais de cet homme, là-bas, qui pense que je l'ai abandonné.

Allez. C'est pas le moment de se débiner.

J'en ouvre quelques-uns au hasard à la recherche de l'inspiration. De mots-clés. D'une conclusion indiquant que c'est l'ouvrage parfait pour sauver un couple à la dérive qui se parle moins depuis qu'il ne s'offre plus de livres. Ou quelque chose s'en approchant. Certains titres paraissent tout indiqués, car ils contiennent des mots qui respirent l'amour (voilà ce qu'il faut, de l'amour) : *Jane Eyre, Orgueil et Préjugés, Gatsby, Belle du Seigneur*. Mais s'ils me sont familiers à moi, c'est qu'ils doivent être déjà connus sur le bout des doigts par une lectrice avertie de la trempe de la femme de mon cycliste... Je tombe sur une page au titre évocateur. *L'Amour au temps du choléra*. Gabriel Garcia Marquez. Le mot-clé est dans le titre. J'espère qu'il y est plus question d'amour que de choléra, tout de même. Le carnet, quant à lui, semble dithyrambique.

« Une magnifique ode à l'amour, qui interroge sur sa définition même. Les personnages, que l'on suit sur des dizaines d'années, sont d'une véritable richesse humaine, avec leurs défauts et leurs qualités. Avec cette conclusion : oui, l'amour survit au temps qui passe et aux défis de la vie. »

Je tiens mon candidat idéal.

Je tire la chasse d'eau et laisse couler le robinet pour montrer que je me lave les mains (c'est important, l'hygiène, même pour de faux). C'est beaucoup d'eau gâchée, mais c'est pour parfaire l'illusion, je n'ai pas le choix.

— Je pense que j'ai exactement le roman qu'il vous faut !

Curieusement, je suis fier de cette annonce.

— Je comprends, moi aussi j'ai certaines de mes meilleures idées aux toilettes. Alors, quel livre vous me conseillez ?

Je préfère jouer sur l'effet de surprise et fonce vers les étagères. Ah, oui, j'oubliais : les livres y sont rangés en vrac, bien sûr. Bon courage pour trouver mon aiguille parmi les milliers de titres présents dans cette enceinte. Il n'avait pas tort, ce client, au sujet de la signalétique.

Je lui propose un verre d'eau pour le faire patienter, mais il décline. Alors je reprends mes recherches. Au moins, les livres sont bien alignés, bien droits (merci, Robert), avec les dos bien visibles.

Il n'est pas simple de trouver une aiguille quand on ne sait même pas à quoi elle ressemble. À une aiguille, certes, mais si j'en avais la forme exacte et la couleur, ça m'aiderait.

Et puis, au bout de quelques minutes, je finis soudain par le dénicher, entre une vieille édition de poche de *La Mère*, de Pearl Buck, et le tome 6 des *Rois maudits*. La chance du débutant. Ou le destin. Soulagé, conquérant, je me retourne vers mon cycliste, qui m'adresse un haussement d'épaules en guise d'ovation.

Je lui tends le livre avec beaucoup de déférence.

— Le voilà !

— Connais pas. Qu'est-ce que ça raconte ? Vous l'avez lu ?

Le secret, une fois de plus, c'est l'aplomb.

— Faites-moi confiance, c'est exactement le cadeau que vous cherchez. Je ne vais pas vous ennuyer avec des détails. Ah, je suis content pour vous.

C'est on ne peut plus vrai. Je suis heureux. Si laborieux et bancal soit-il, mon système semble fonctionner. Tout n'est pas pardonné pour autant, mais pour l'instant il n'est plus question de cacher les livres derrière un rideau pour éviter de subir leur présence. C'est une première étape.

Mon cycliste s'empare du volume que je lui tends, en parcourt la quatrième de couverture et se dirige vers le comptoir. Même si je le sens un petit peu dubitatif (peut-être que le mot « choléra » n'évoque pas chez lui une scène de retrouvailles passionnées). Il paie et, au moment où il s'apprête à partir, je lui souhaite bonne chance.

— J'espère que la côte sera plus facile à prendre dans l'autre sens !

— Ce n'est plus une côte. C'est une descente. C'est l'avantage.

Voilà un grand élan d'optimisme de la part de quelqu'un voyant désormais le verre à moitié plein.

J'aurai au moins servi à ça. Avec un tout petit peu d'aide.

9.

Je me suis lancé dans cette aventure tête baissée, le vent dans le dos, si bien qu'à aucun moment je ne me suis posé la question des gens qui constitueraient ma clientèle. Par exemple, évoluant dans un monde d'adultes, je m'attendais à ne voir que des adultes. Comme si soudain tout ce qui avait moins de vingt ans s'était évaporé dans la nature. Je ne suis pas marié (ça a failli, et puis non), je n'ai pas d'enfants (ça, je ne sais pas si ça a failli, mais il n'en a jamais vraiment été question), et disons que dans mon ancien travail ma vie sociale se résumait à quelques accointances. Pas de quoi me demander, entre deux cafés longs au distributeur, si j'accepterais d'être le parrain du petit Hugo. Leur truc, au bureau, c'étaient les anniversaires. Mais en salle de réunion. Sans enfants. Ce qui m'allait très bien puisque je me soupçonne de manquer de patience à leur égard.

10.

Ils sont deux, devant moi. Un frère et une sœur. Je leur donne quinze ans. D'âge combiné. Neuf ans pour lui et six pour elle, si je devais parier. Ils sont en train de compter leurs pièces, qu'ils déposent au fur et à mesure sur le comptoir. Il y en a partout. Chacun a puisé dans sa tirelire, ses économies et, si j'ai tout compris, dans le canapé, source inépuisable de surprises.

— Regardez, il y avait même un bonbon ! me dit la sœur, triomphante, en le posant lui aussi.

— Je confirme. Il n'y avait pas de papier pour le protéger ?

— Non. Il est jaune. Il doit être au citron.

— C'est possible.

— Vous croyez que je peux le manger ?

Je connais la règle des trois secondes pour tout ce qui touche à la nourriture tombée par terre. Je connais moins la règle des trois jours dans un canapé. Ou des trois mois. Ou visiblement des trois ans.

— Je pense qu'il ne vaut mieux pas.

Il faut savoir, parfois, être un adulte responsable. Quitte à briser des rêves.

Ça y est, leur fortune est sur la table. Plus qu'à compter afin de savoir s'il y aura de quoi acheter un livre pour l'anniversaire de leur mère. J'ai joué le jeu pour le suspense, mais la somme totale importe peu. Les dures réalités de l'économie et du commerce ne s'appliquent pas encore tout à fait à eux. Ils repartiront avec le livre de leur choix. C'est leur prérogative d'enfants, surtout s'il s'agit de faire un cadeau désintéressé.

Ils fouillent vaillamment dans les étagères. La fillette y met un soin particulier : elle prend chaque livre, l'inspecte quelques secondes, puis le repose. Étonnant pour quelqu'un qui ne semble que très peu concerné par l'hygiène de ce qu'il ingurgite.

— J'ai trouvé ! s'exclame soudain son frère. Ça va beaucoup lui plaire, à maman !

Il brandit *La Vie mode d'emploi*. Je suis très curieux de savoir ce qui a déclenché une telle certitude. Peut-être leur mère cherche-t-elle en ce moment à découvrir les secrets de la vie. Je commence à me demander si elle ne couve pas une petite dépression. Je devrais peut-être le lire, moi aussi, pour mieux naviguer au sein de ce labyrinthe qu'est le quotidien.

— Regarde, Fannie, il s'appelle Georges, le monsieur qui l'a écrit.

— Oh !

Visiblement, cette information la ravit, puisqu'elle se met à taper dans ses mains.

— Votre papa s'appelle Georges ?

Ils me regardent et se mettent à rire, comme si j'avais proféré la plus grande imbécillité de l'univers.

— Mais non, me dit Fannie, Georges, c'est pas un nom de papa ! C'est un nom de poisson ! C'est celui de notre poisson rouge !

J'entends un drôle de rire s'élever du fond de la librairie. Tiens, une ado. Je n'avais même pas remarqué qu'elle était entrée. Elle porte un sac à dos violet recouvert de tout un tas de pin's et arbore d'immenses lunettes rondes. Probablement une grande lectrice un peu timide. Je connais le genre. Elle doit encore être au collège (mais ça se joue à peu de choses). Ce qui est sûr, c'est que je ne l'ai jamais vue ici avant. Et qu'il semblerait que je fasse garderie, aujourd'hui.

Elle a vu que je l'avais vue (sûrement grâce à ses lunettes impressionnantes). La voilà qui s'avance vers moi d'un pas un peu trop déterminé à mon goût.

— Bonjour, monsieur, comment allez-vous !

Ce n'est pas une question, mais une affirmation. Une manière (tonitruante) de se présenter. Cette jeune fille n'est pas timide. Du tout. Au contraire, elle occupe tout l'espace.

Sans me laisser le temps de répondre, elle tourne sur elle-même, son sac suivant le mouvement comme une carapace de tortue, et s'exclame :

— Punaise, vous en avez plein, des livres ! J'adore les livres !

Elle continue son tour avant d'ajouter :

— C'est le paradis, ici !

Tout est une question de point de vue.

Elle choisit alors un coin de la librairie, y dépose ses affaires, s'assied et commence à explorer le bas de chaque étagère. Le sol est froid, mais j'imagine que tout est supportable quand on se trouve dans son paradis personnel. Il m'arrive régulièrement, dans la librairie, de devoir enjamber des enfants allongés en train de lire, attendant que leurs parents fassent leurs propres emplettes. Ce qui me va très bien. Au moins, pendant ce temps, ils ne me parlent pas. De toute façon, ils trouvent assez rarement leur bonheur.

Contrairement à elle. Voilà une heure qu'elle s'est installée là, et elle est désormais entourée d'une forteresse entièrement composée de plusieurs piles de livres.

— Si je pouvais, j'achèterais tout ! dit-elle alors que je passe devant sa construction impressionnante, sur la route de ma machine à café.

— J'en déduis que tu aimes lire ?

Elle me regarde comme si j'avais posé la question la plus stupide et inutile de l'histoire. Derrière ses yeux pétillants se cache un esprit vif, présentement en train de peser le pour et le contre d'une réponse cinglante. Notre rencontre peut basculer dans un sens comme dans l'autre. C'est vrai qu'elle est un peu bête, cette question. Mais j'y peux rien, je ne sais pas comment leur parler, aux jeunes. J'en perds mes moyens. Je me transforme en cliché ambulant. Je ne sais même pas si je dois la tutoyer ou la vouvoyer. J'essaie un peu trop d'avoir l'air cool. C'est n'importe quoi.

— Vous êtes fort en déduction, hein. Mais ça ne m'étonne pas, ajoute-t-elle en se saisissant d'un des livres constituant sa forteresse, vous avez lu plein de romans policiers.

Elle vient de brandir *L'Inconnu du Nord-Express*, de Patricia Highsmith. Que je n'ai évidemment pas lu.

— Un peu (voilà que je mens à une adolescente, moi). Tiens, tu connais Agatha Christie ?

Elle se relève et dépoussière machinalement le bas de son manteau avec ses mains.

— J'espère que vous conseillez autre chose que des évidences à vos clients, sinon ils ne risquent pas de revenir !

Son sourire ne laisse pas de doute sur le fait qu'elle plaisante, que c'est sa manière de m'intégrer dans son cercle. Il est impossible de me vexer, de toute façon. Je suis bien au-dessus de ça.

— Gnagnagna.

Bon, OK, peut-être un poil vexé. Je ne vois pas pourquoi je devrais nécessairement être l'adulte, dans cette pièce.

— Non mais, c'est génial, Agatha Christie. J'adore. Vous avez visé juste. Simplement, j'en ai déjà plein, d'elle.

Ce n'est pas tous les jours que je me fais consoler par une adolescente. Il s'agirait de reprendre le dessus. Avant que je ne puisse réfléchir à une repartie, elle enchaîne :

— Je peux vous poser une question ?

— Fonce.

— Voilà, je ne comprends rien au rangement.

— Ce n'est pas une question.

— J'ai fouillé un peu partout, j'ai pris des livres au hasard, et je ne comprends pas.

— La raison est très simple. Il n'y en a pas.
— Il n'y a pas quoi ?
— De rangement.
— Hmm, c'est quoi ça, alors ?

Elle ouvre *L'Inconnu du Nord-Express* à la première page et me montre les chiffres inscrits au crayon de papier en haut à droite.

— C'est une date.
— Donc il y a un classement ?
— En quelque sorte.
— Mais elles correspondent à quoi, ces dates ?
— C'est un mystère, elles ont toujours été là.
— Ah.
— Eh, oui.
— J'adore les mystères. Je reviendrai pour résoudre celui-ci !

Au cours de ces premiers mois d'ouverture, personne encore n'avait fait attention aux inscriptions. Du moins, au point de m'en demander la signification. Elle a tout de suite compris qu'elles cachaient quelque chose. Je n'allais pas me lancer dans l'explication des carnets si vite. J'aime bien, parfois, donner l'illusion qu'il y a des choses que je maîtrise.

11.

— Salut, Vivian ! Tu m'en sers un petit ?

Voilà Robert. C'est son heure. Celle où il se pose devant le comptoir et attend son café.

Il faut dire qu'ici les gens ont leurs habitudes. Il y a les habitués du matin, de l'après-midi, et ceux qui passent après avoir fait le marché (marché composé du maraîcher du coin, qui installe une table sur la place, le samedi matin ; parfois, quand c'est fête, il ramène des copains volaillers, si bien que le village ne parle que de ça pendant quelques jours, pour être sûr que personne ne rate l'occasion). Nul doute qu'il pourrait y avoir les habitués d'une fois par an, pour les anniversaires. Mais ça, si mon plan suit son cours, je ne le saurai jamais. Ce genre de routine peut aussi prendre une forme un peu extrême, comme avec Robert, qui s'arrête tous les jours et n'achète rien (il faut vraiment que je revoie mes priorités, moi).

J'ai appris à le connaître, en quelques semaines, Robert. Malgré sa retraite bien tassée, il ne manque pas d'entrain et trouve un mot optimiste en n'importe quelle situation. Ou un cliché. Mais, avec lui, je les tolère. C'est un vent de fraîcheur quotidien.

Il porte lentement à ses lèvres sa tasse réglementaire.

— Parfait ! Tu as enfin écouté mes conseils. C'est autre chose que ton jus de chaussettes du début.

Je peux difficilement me vexer – jusqu'ici, mon café était affreux. Il faut dire que personne ne m'avait appris à le faire. La boisson de choix de ma mère, c'était le thé. Lui, je savais le préparer. Pour le café, je faisais à la louche. Pour moi, le goût y était. Pour Robert, beaucoup moins. Après des semaines de calvaire en silence, hier, n'y tenant plus, il m'a accompagné dans la réserve et m'a montré une bonne fois pour toutes comment le doser. Je suis heureux de constater que j'ai rendu un client satisfait (il faut bien que le bouche-à-oreille débute quelque part).

Parce que, oui, il passe tous les matins. Notamment pour prendre le café. Il n'y a plus de bistrot dans le village depuis un moment, m'a-t-il raconté un jour, et ça lui manque. Alors je lui ai répondu que, s'il voulait, je pouvais lui en offrir un, moi, de café, au comptoir. Ce ne serait pas tout à fait pareil parce que le mien est de qualité médiocre et que je refusais catégoriquement d'y ajouter une lichette de whisky, mais l'idée y serait.

Idée qui l'a enchanté tout de suite (jusqu'à ce qu'il y goûte). Il n'a pas raté un rendez-vous depuis. Il y a un côté barman, d'ailleurs, dans ce métier, sans licence IV. La clé étant d'apprendre à écouter. Et de savoir se servir d'un torchon. J'ai tendance à mettre de la distance dans mes relations sociales, encore plus avec des inconnus mais, avec Robert, c'est différent. On s'est mis à se tutoyer dès les premiers jours (sans quoi il serait encore en train de me faire la leçon). En ouvrant la librairie, je n'aurais pas pu imaginer un instant que le client dont je serais le plus proche serait aussi le pire. Robert ne lit pas. Jamais. Au moins, nous avons ça en commun. Maintenant que j'y pense, nous ne partageons pas beaucoup d'autres choses. Mais ça ne nous empêche pas d'avoir développé une forme de complicité sachant se passer de mots. Il peut même nous arriver de boire notre café en silence (lui l'aime chaud, et l'avale presque d'une traite). Ses cafés, plutôt, puisqu'il en enchaîne deux ou trois, tout en avouant que sa femme trouve que ce n'est pas raisonnable, qu'il devrait faire attention à sa tension artérielle. Il dit qu'elle a sûrement raison, mais qu'elle n'est pas médecin, alors qu'est-ce qu'elle peut bien en savoir ?

— Elle l'a peut-être lu quelque part ?

— Oui, peut-être. Elle aime bien lire. Elle.

Et moi, j'aime prendre mon temps et siroter mon café. Surtout à l'heure où la librairie se vide doucement, peu avant le déjeuner.

— Il est l'heure, me dit-il en regardant sa montre, je t'emmène avec moi.

Je ne suis pas très friand des surprises, dans la vie. Je peux être spontané, mais sporadiquement. À petites doses. Très petites doses. J'ai de nombreuses excuses, élaborées à l'avance, pour esquiver de telles situations. Mais, là, je sèche un peu. Et je suis curieux de savoir ce qu'il a en tête. Il va peut-être me révéler l'emplacement d'un trésor longtemps oublié. Je pourrais être partant, à la rigueur.

Nous formerions un sacré duo, en tout cas. Je ne tiendrais pas deux minutes dans la jungle, mais Robert sait tout de la vie d'homme des bois. Il m'a raconté des péripéties incroyables du temps où il aimait partir en excursion seul avec son sac à dos, parcourant des dizaines de kilomètres sans jamais se faire dévorer par un animal sauvage. Il a fait tout le tour de l'île de Cuba, comme ça. Pendant six semaines. Je n'y connais rien en faune sauvage de là-bas, mais ça m'impressionne. Parfois, je le soupçonne d'exagérer un poil pour épater l'auditeur captif et naïf que je suis, mais je lui accorde le bénéfice du doute. L'important, finalement, c'est que je veuille y croire.

J'ai grandi dans un endroit qui n'était ni tout à fait la ville, ni tout à fait la campagne. Cela dit, il y avait largement de quoi faire pour se perdre en forêt au moins quelques heures – et y croiser à l'occasion de terrifiants sangliers.

— Bon, d'accord. On va où ? Je dois apporter une machette ?

— Je t'ai vu manier des outils. À mon avis, il vaut mieux pas. Non. Tu viens déjeuner. Ma petite femme nous attend.

Ce n'est pas tout à fait l'aventure palpitante que j'imaginais. Quoiqu'un déjeuner m'impressionne presque deux fois plus qu'un safari dans les bois. Cela signifie qu'il va falloir faire la conversation. Sans échappatoire ni comptoir derrière lequel me replier en cas de panique. Au pire, comme il faut que j'ouvre la librairie à l'heure, mon calvaire sera de courte durée. Surtout, je me demande qui partage la vie de Robert. Et si elle est aussi douée que lui avec une machette.

12.

Robert et sa femme habitent un pavillon à quelques centaines de mètres de la librairie. Tout est impeccable, rutilant : le portail en fer forgé, la pelouse tondue, les grappes d'hortensias en fleur devant les fenêtres aux jolis rideaux verts... Je suis étonné de ne pas trouver un seul cendrier sur le perron, ni d'outils posés en vrac. Je le suis encore plus lorsque Robert retire précautionneusement ses chaussures à l'extérieur pour enfiler ses mules dans l'entrée. Le clou du spectacle.

— Je veux bien que tu enlèves tes chaussures, s'il te plaît.

Le Robert dans ce pavillon n'a plus rien à voir avec le Robert à l'extérieur. J'obtempère volontiers, car pour une fois je suis très content des chaussettes que j'ai choisies ce matin (dotées de la qualité suprême de ne pas être trouées). Ça n'aurait pas cadré avec l'environnement, sinon. Parce que, autour de moi, tout est immaculé. Je n'ai jamais vu un endroit aussi propre, aussi blanc. Je ne savais même pas que c'était possible. Je suis sûr qu'on pourrait y voir un microbe. Et qu'il s'autodétruirait dans la foulée.

C'est alors qu'elle m'accueille. Elle a surgi sans que je m'en aperçoive. Il faut dire qu'elle est petite. Vraiment petite. Le contraste avec Robert est saisissant. Son visage est rond et ses yeux pétillants.

— Bonjour ! me dit-elle en me tendant la main. Moi, c'est Marie-Anne. Comme Marianne, mais en deux mots. Vous devez être Vivian ? Enfin, j'espère !

Et elle éclate de rire. C'est un rire qui englobe l'espace et vous avec, un rire contagieux, un rire qui redonne foi en tout ce que l'on avait perdu.

— Je l'espère aussi ! dis-je en riant aussi.

Mais mon rire est bien nul par rapport au sien. Gêné, banal. Il faut que je travaille mon rire.

— Bienvenue dans notre humble foyer. Moi, je le trouve trop grand depuis que les enfants sont partis. Désolée, c'est un peu le bazar, je n'ai pas eu le temps de ranger, ce matin.

— Il vaut mieux que vous ne veniez jamais chez moi alors, vous feriez un arrêt cardiaque.

Silence. Aïe. Et si Marie-Anne avait des problèmes de pression artérielle ? Une maladie du cœur incurable ? Ou si elle avait fait un malaise pas plus tard que ce matin ? Je le sais, pourtant, que je ne dois pas faire de blague médicale devant des gens dont j'ignore totalement le passé ou le présent. Mais quand je suis hors de ma zone de confort (c'est-à-dire hors de mon canapé), face à des inconnus, j'ai tendance à ne pas réfléchir à ce que je dis.

J'ai très chaud, tout à coup.

— Si Robert n'est pas parvenu à affaiblir mon cœur en quarante-huit années de vie commune, c'est que rien ne peut m'arriver ! rétorque-t-elle.

Elle se met à nouveau à rire, et moi, à respirer. Cette femme est miraculeuse. Robert, lui, demeure silencieux. Il la regarde avec des yeux mi-agacés, mi-baignés de tendresse.

— Allez, à table, Vivian n'a pas beaucoup de temps. C'est un travailleur, lui !

Je suis persuadé qu'entretenir une telle maison demande beaucoup plus de travail que la librairie, mais je me contente de les suivre dans le salon, où une table délicatement dressée nous attend. Juste à côté se trouve un buffet très élégant, sur lequel sont posées avec beaucoup de goût quelques photos de famille qui respirent le bonheur. Le reste de la décoration est sobre, avec quelques objets vraisemblablement rapportés de leurs divers voyages à l'étranger. Souvenirs d'une vie riche. En tout cas, apparemment, tout était prévu. Robert m'aurait sans doute arraché à mon comptoir avec un pied-de-biche si j'avais refusé de le suivre.

— Installe-toi. C'est moi qui ai fait à manger. J'espère que tu aimes le gras.

Un fumet délicieux s'échappe de la cuisine, ce qui ouvre l'appétit. Je ne sais pas s'il y a des places attitrées, alors je n'ose pas trop m'asseoir. Avec ma mère, nous nous mettons l'un à côté de l'autre, à table. Ce qui peut paraître curieux, vu de l'extérieur.

— Vous pouvez vous installer à côté de moi, Robert aime bien être le plus proche possible de la cuisine, me dit Marie-Anne avec un sourire, comme si elle avait lu dans mon esprit.

La conversation tourne autour de tout et de rien. Pourtant cela ne me fait pas l'effet d'un échange de banalités poli, c'est bien mieux que ça. Ils habitent ce village depuis leur enfance. Ils se sont rencontrés au lycée et ne se sont plus quittés. Enfin, si, l'espace de quelques années, intervient Marie-Anne, mais c'était pour mieux se retrouver. Robert, lui, ne semble pas emballé par l'expérience vécue à l'époque et change vite de sujet :

— Et toi, alors ? C'est quoi ton excuse pour venir te perdre dans le coin ? Tu as de la famille ? Je les connais sûrement, je connais tout le monde ici !

— Non, je suis tombé sur le village par hasard. J'ignorais son existence quelques semaines encore avant de m'y installer. Mais ce n'est pas une histoire très intéressante...

— Oh, intervient Marie-Anne, quelque chose me dit qu'elle l'est. J'espère bien la connaître un jour. Vous êtes quelqu'un de sensible, ça se voit.

Je rougis un peu et me contente de garder les yeux sur mon assiette. Ce serait trop long à raconter, et ma tendance naturelle à la pudeur m'empêche d'ajouter le moindre mot.

Même si je la connais à peine, la remarque de Marie-Anne me touche en plein cœur. J'apprécie aussi le fait qu'elle n'insiste pas. La conversation reprend son cours, et je suis soulagé de voir qu'elle s'éloigne de ce qui pourrait toucher de près ou de loin à ma vie.

Alors que Robert est parti dans la cuisine chercher le dessert (« J'espère que tu aimes le sucre »), Marie-Anne ne laisse aucun silence s'installer.

— Vous savez, Vivian, j'aurais adoré être libraire, moi aussi. Mais la vie en a décidé autrement. La première chose que j'observe en entrant chez quelqu'un, c'est sa bibliothèque. Elles en disent toujours long sur nous. Vous ne trouvez pas ?

— Euh, sûrement, mais...

Je me tourne sur ma chaise et regarde autour de moi, au cas où j'aurais raté une étagère, une bibliothèque.

— Oh, vous ne trouverez pas de livres ici ! Tout est à l'étage. J'ai une pièce spéciale. Le rez-de-chaussée, c'est notre espace de vie commun et je ne voulais pas l'envahir de mes livres. Robert souffre d'un léger complexe lorsqu'il s'agit de lecture. Il a de nombreuses qualités, mais, la lecture, ce n'est pas pour lui. Ah, quand on parle du loup !

Robert arrive avec des assiettes garnies de gâteau de riz. Ce n'est pas le dessert le plus léger qu'on ait inventé, mais c'est mon préféré. Il n'aurait pas pu mieux tomber pour finir en beauté. Je pensais m'en servir comme excuse, mais c'est finalement avec regret que je prends congé de mes hôtes pour aller ouvrir la librairie. Je suis embarrassé de partir sans les aider à ranger. Et un peu triste, aussi, que ce moment très agréable prenne si vite fin. En partant, je les aperçois du coin de l'œil débarrassant ensemble la table avec complicité. J'entends même le rire de Marie-Anne alors que je suis à cinquante bons mètres de la maison.

Ce village est décidément plein de surprises. Pour une fois, je ne les déteste pas.

13.

J'étais préparé à ce que mon magnétisme naturel amène les gens à orbiter autour de moi. C'était inévitable. En revanche, je m'attendais moins à ce que « les gens » soient en réalité une ado de quatorze ans au sac à dos violet (j'avais raison, elle termine le collège cette année). Sans que mon magnétisme y soit pour grand-chose, elle passe littéralement ses journées dans la librairie. Il y a quelques semaines, j'ai appris qu'elle s'appelait Alice. « Oui, comme dans le livre », s'est-elle empressée d'ajouter, anticipant ma question.

— Avec le lapin, là ?

— Bah... oui. Alice, quoi.

Je me suis présenté à mon tour, curieusement désolé (et surpris, quand j'y pense) que mon prénom n'ait aucun lien avec la littérature, et lui ai proposé de me tutoyer. Loin de la gêner, elle en a vite pris le pli. Je suis très tutoyable, visiblement.

— Je ne me lasserai jamais de venir lire ici ! me dit-elle ce mercredi après-midi, comme toujours assise en tailleur, comme toujours n'importe où, en plein passage.

— Tu pourrais juste te mettre un peu plus sur le côté ? Histoire que personne ne te piétine ?

J'essaie de faire preuve d'un semblant d'autorité, en bon maître des lieux que je suis plus ou moins.

— Mais ici j'ai plus de place pour faire des piles...

J'essaie, donc.

Je vois Alice surtout le mercredi après-midi, puisqu'elle n'a pas cours, ainsi que le samedi. Ainsi que le lundi, le mardi, le jeudi et le vendredi, après les cours. Au début, elle prétextait que la librairie était sur son chemin, entre l'arrêt de bus et sa maison. Jusqu'à ce que je découvre qu'elle faisait un détour de cinq cents mètres exprès.

J'aime ma solitude, mais je me surprends à trouver sa présence agréable. Il faut dire qu'Alice est d'une discrétion absolue : quand elle parle, ça fait trembler les murs, mais l'immense majorité du temps, elle reste silencieuse. Moi aussi. Ces silences à deux sont apaisants. Naturels. Accessoirement, j'ai par ailleurs beaucoup de travail. Alors je la laisse faire. Elle peut bien lire, si ça lui fait plaisir, ce n'est pas moi que ça dérange. Elle achète un roman de temps en temps, en fonction de son argent de poche.

— Mes parents ne comprennent pas que j'ai besoin d'une augmentation pour m'acheter des livres.

— C'est quoi, ton argument ? Tu t'impliques plus à la maison ?

— Mon argument, c'est que j'aimerais plus de livres.

Ça se tient. Elle est prête pour la vie adulte. Voilà qui me donne une idée.

— Le meilleur moyen d'avoir tous les livres possibles, c'est de devenir libraire.

— Effectivement.

— Si tu veux t'entraîner, tu peux. Ça te dirait de conseiller un client ?

Elle ne prend même pas le temps de réfléchir et se lève d'un bond. Deux clients déambulent dans la librairie en ce moment, un homme et une femme.

Elle, je ne la connais pas, mais lui a fait son apparition quelques jours à peine après l'ouverture. Il faut dire qu'il ne passe pas inaperçu avec ses deux mètres de haut, ses sandales sans chaussettes (qu'importe la température extérieure), sa casquette et son pardessus. Il m'a dit bonjour d'une voix grave, me regardant droit dans les yeux, comme pour sonder mon âme (bonne chance), puis a commencé à faire le tour des rayons, méthodiquement, dans le sens des aiguilles d'une montre. Je commence à comprendre que, dans ce métier, il faut savoir lire le langage corporel de la clientèle. Il y a ceux qui exigent implicitement qu'on les laisse tranquilles et ceux qui ont besoin d'aide pour se repérer (bonne chance *bis*). Et puis tous les autres. Ceux qu'il faut laisser tranquilles, mais pas trop, et ceux qu'il faut aller voir, mais de loin. C'est un art. Un art que je ne maîtrise pas du tout, d'autant que je préfère moi-même ne pas être dérangé et rester derrière le comptoir, mais il faut bien que je me fasse violence de temps à autre. Lui, là, je n'ai toujours pas trouvé de grille pour le déchiffrer. La première fois que je l'ai rencontré (si on peut appeler ça une rencontre), j'ai tenté de m'approcher pour savoir s'il souhaitait un renseignement. C'est ce qu'on fait, dans un commerce : on renseigne. Le spectre du renseignement peut être très large et très surprenant et n'avoir rien à voir avec le commerce en question. Non, je ne sais toujours pas où a déménagé l'ancienne armurerie, et non, je ne vends pas de cerfs-volants. Il a simplement levé la main, comme pour me dire : « Stop, n'avancez pas, le périmètre est piégé », et a secoué la tête avant que j'aie pu glisser un mot. Il était assez convaincant, alors je suis retourné derrière mon comptoir, où j'ai attendu qu'il choisisse un ouvrage par lui-même.

Ce qu'il n'a jamais fait.

Il est resté un quart d'heure, puis il est reparti comme il était entré, toujours avec ses sandales (j'aime autant), en prenant la peine de dire au revoir.

Depuis, il fait son apparition chaque semaine. Le mercredi. À 15 heures pile. Pendant un quart d'heure (et je ne parle pas d'un quart d'heure approximatif). Toujours chaussé de ses sandales, il entre, dit bonjour, fait le tour (selon un circuit bien rodé), regarde quelques livres, lit les quatrièmes de couverture, demeure rigoureusement impassible, dit au revoir et repart. Sans même m'avoir parlé de la météo. C'est peut-être ça, le plus mystérieux, dans l'histoire.

Cette récurrence méthodique, ce rituel hebdomadaire... Peut-être est-ce un code. Peut-être est-il retenu en otage à distance, sans moyen de communiquer. Peut-être est-ce une tentative d'appel à l'aide. C'est pas de chance, il n'est pas tombé sur le type le plus doué au monde, question résolution d'énigmes. Si ça se trouve, il tente de former une phrase avec les titres des livres sur les tables, en les alignant discrètement, mais ne trouve rien qui l'aide vraiment. Ça ferait une bonne idée de roman policier, d'ailleurs. Le meurtre serait élucidé grâce à la victime, qui aurait le temps de transmettre un ultime message avec des couvertures savamment placées les unes à côté des autres. Si par exemple je regarde les livres autour de moi, il pourrait commencer avec *Martiens, go home !*, puis *Le Gang de la clé à molette* (ah ! l'arme du crime), pour finir avec le mobile : *Les Raisins de la colère*. Une sombre histoire de vengeance liée au ressentiment Classique. Ou à des raisins...

Ça risquerait de fortement contrarier le libraire, qui s'empresserait de remettre les livres en place, sans même deviner le drame en train de se jouer. Car, oui, le libraire peut être obsessionnel. Il tient à l'état de ses livres et à leur présentation. Je parle des libraires à la troisième personne, car, à titre personnel, je m'en moque totalement. Le sort des ouvrages m'importe peu, et si quelqu'un veut me guider vers son bourreau en déchirant des pages de sa main ensanglantée, grand bien lui fasse.

Bref, tout ça pour dire que, s'il a besoin d'être secouru, ce client mystérieux ferait mieux de l'exprimer très clairement, sinon nous allons nous livrer à cette petite danse pendant un moment.

À moins que…

— Tiens, tu peux aller renseigner le type là-bas, par exemple, dis-je à Alice en ricanant intérieurement et en tentant de ne pas me trahir par un trop grand sourire d'anticipation.

J'imagine sa tête quand elle se fera rembarrer et trépigne dans mon coin alors qu'elle part à sa rencontre.

— Bonjour, monsieur, est-ce que je peux vous renseigner ?

— Non merci, répond-il avec un sourire, je regarde.

— Très bien, n'hésitez pas si vous avez des questions !

Euh, depuis quand il sait sourire, lui ? Et faire des phrases complètes ? Où est la main levée qui dit « stop » ? C'est la déception. Alice revient à sa place attitrée, se remet en tailleur et me dit, sans un regard :

— Ça va, c'est pas trop compliqué comme métier.

Puis elle ajoute, malicieuse :

— Je comprends mieux.

Je préfère ne pas relever.

14.

Les premières semaines, Alice a été très déçue quand elle s'est aperçue que je refusais de parler de livres avec elle. Couverture après couverture, elle me demandait infatigablement ce que je pensais de tel ou tel roman. En vain. Elle a dû imaginer qu'elle avait franchi les portes du plus beau club de lecture de la région et qu'elle avait enfin déniché quelqu'un avec qui échanger. Les quelques amis de son cercle très fermé ne sont pas de grands lecteurs. « Mais ils ont d'autres qualités, on n'est pas obligés d'être pareils pour s'apprécier », m'a-t-elle assuré, comme pour se convaincre.

Elle me posait (et me pose encore) énormément de questions sur mon parcours, sur mes goûts, sur le quotidien d'un libraire. Elle est d'une curiosité insatiable et semble s'intéresser à tout. Comme je ne suis, à bien des égards, ni tout à fait un lecteur ni tout à fait un libraire, mes réponses ne semblent pas tout à fait satisfaisantes non plus. Alors, aujourd'hui, j'ai l'idée de pallier mes lacunes théoriques par la pratique :

— Tiens, viens, je vais te montrer comment c'est de ce côté du comptoir.

— Donc tu veux que je vienne de l'autre côté du comptoir ?

— Euh, oui, c'est ce que je viens de dire.

— Non mais... *De l'autre côté du comptoir.* Parce que je m'appelle Alice. Je trouvais ça drôle.

— D'accord.

C'est bête, je pourrais reconnaître que je ne comprends pas la référence. Il n'y a rien de honteux à ça. Il faut croire que je veux apparaître légitime aux yeux d'Alice. Pas sûr que je fasse illusion.

— Alors, ça fait quel effet ?

— De quoi ?

— D'être à cette place ! C'est pas rien. On domine tout, vu d'ici.

Je ne la sens pas convaincue.

— C'est vrai que c'est assez cool.

Elle commence à fouiller partout à coups de « Et ça, c'est quoi ? », jusqu'à ce qu'elle ouvre le tiroir du haut et en sorte le carnet. Une boule de stress monte en moi. Je le lui prends immédiatement des mains, le remets à sa place et referme un peu trop violemment le tiroir.

— Pardon, j'aurais pas dû prendre tes affaires comme ça, me dit Alice, gênée.

— Non, c'est rien, c'est juste que...

J'ai alors une sorte d'illumination. Une évidence.

— Ça te dirait de découvrir les vraies coulisses de mon métier ?

Je ne sais pas pourquoi je ressens le besoin de me confier à cette gamine. Peut-être qu'elle me rappelle celui que j'ai été il y a longtemps et qui s'est un peu égaré en chemin. Peut-être aussi que je me culpabilise de mentir. Par omission, mais quand même. J'ai promis un jour de ne plus jamais mentir. Et une promesse est une promesse.

Découvrir l'envers du comptoir est une chose, découvrir la réserve en est une autre. Même si elle n'est guère impressionnante puisqu'elle ne déborde pas de livres (Ils sont tous dans la boutique. Enfin, tous sauf un.) Elle contient néanmoins les carnets indispensables à mon entreprise. Carnets que j'ai gardés secrets jusqu'ici. Carnets qu'elle repère immédiatement en entrant dans la pièce, après que j'ai fermé à clé la porte d'entrée de la librairie, et qu'elle commence à inspecter avec curiosité.

— Tu te rappelles les chiffres inscrits dans les livres ?

— Les dates, oui.

— À ton avis, elles servent à quoi ?

— À se souvenir du jour où chaque livre a été acheté, non ? Même si je trouve ça curieux, parce que ça voudrait dire qu'ils ont été achetés il y a longtemps. Et tu peux pas être si vieux que ça.

Théoriquement, je n'ai pas encore dépassé la moitié de mon espérance de vie officielle. Mais c'est de bonne guerre. Moi aussi, je considère quelqu'un qui a plus de deux fois mon âge comme vieux.

— Ils me servent surtout à m'y retrouver.

Pour être honnête, je ne suis pas archi-convaincu par mon système. Disons que je fais avec ce que j'ai et que je n'ai pas cherché beaucoup plus loin. Les carnets sont classés par années. J'en ai une quarantaine en tout. À l'intérieur de chaque livre dans la librairie est notée au crayon à papier l'année correspondante, qui indique dans quel carnet est écrit le résumé. Je le prends ensuite sur l'étagère, où ils sont tous alignés les uns à côté des autres par ordre chronologique (j'ai au moins pris le temps de faire ça), et je feuillette les pages frénétiquement à la recherche du livre en question. Je lis ensuite rapidement les notes et impressions (enfin, j'essaie de lire rapidement, mais on n'a pas idée d'écrire comme un médecin droitier se servant de sa main gauche) et je retourne, confiant, dans la librairie, prêt à multiplier les allers-retours si nécessaire.

Alice semble passionnée par ce que je lui raconte. Et un peu dubitative.

— Attends, je comprends pas. Moi, je me souviens de tous les livres que j'ai lus. Tu as si mauvaise mémoire que ça ?

— Euh, oui, entre autres.

— Et si quelqu'un te demande un titre en particulier ?

Effectivement, si on me demande un titre précis ou un conseil dans un genre en particulier, je suis coincé. Je peux chercher dans les rayons et avec un peu de chance je tomberai dessus (sait-on jamais), ou me fier à un nom, voire à une couverture. Par exemple, si Robert cherche un roman brésilien pour sa femme, je lui répondrai que tiens, Paulo Coelho (ça a un air brésilien un peu), c'est pile pour Marie-Anne, j'en suis sûr. Cela dit, ce n'est pas une science exacte. Après tout, Stendhal, ça sonne allemand.

J'ai toujours possédé des carnets. C'est ma mère qui m'en a offert à chaque anniversaire, à chaque Noël, depuis mes six ans. C'est même le premier cadeau dont je me souvienne. Moi, je pensais que c'était pour dessiner (j'avais une passion pour le dessin). Pour quelle autre raison le père Noël pouvait-il bien déposer l'équivalent de dizaines de feuilles blanches au pied du sapin ? Quand je lui ai posé la question, ma mère m'a répondu que c'était pour que j'y note mes lectures. J'allais très bientôt apprendre à lire, alors autant être paré.

— Tu verras, mon grand. Tu me remercieras. Ah, et aussi, il faut qu'on parle de cette histoire de père Noël.

L'année suivante, j'ai trouvé au pied du sapin une carte plastifiée. « Désormais, c'est ton bien le plus précieux, m'a-t-elle expliqué. Une porte d'entrée vers une multitude d'univers. » Ça sonnait comme une promesse très mystérieuse et très excitante à mes oreilles, je m'imaginais déjà à bord d'un vaisseau supersonique ou chevauchant des dinosaures (mais gentils, les dinosaures, j'avais déjà un goût relatif pour l'aventure). Je ne savais pas qu'elle avait ce genre de carte magique à disposition. Elle était forte, ma maman.

— C'est une carte de la bibliothèque !

Ses yeux brillaient. Je ne l'avais encore jamais vue animée d'une telle passion. Ma mère était plutôt du genre force tranquille à cette époque, même si elle s'est adoucie avec le temps. En tout cas, de mon côté, l'excitation est redescendue aussi sec. Ça ne semblait pas très magique, plutôt horriblement ennuyeux et terre à terre. Elle a continué de m'en faire l'article :

— Tu vas pouvoir emprunter jusqu'à dix livres à la fois. Tu te rends compte ? Tu auras juste à te servir selon tes envies, tout ça grâce à cette carte ! J'aurais aimé y avoir accès, moi, à ton âge. Je ne sais pas si tu te rends compte de la chance que tu as.

— Euh, oui, maman. Merci.

J'y suis allé dès le lendemain, poussé dans le dos (enfin, sommé de rapporter autant de livres que je pourrais en porter), puisque la bibliothèque se situait à quelques centaines de mètres de la maison. Je suis rentré bredouille. Je n'en avais pas conscience derrière mes yeux d'enfant, mais il y avait de la déception et de la tristesse sur son visage quand elle s'en est rendu compte. Même si elle ne m'a rien dit d'autre que « C'est pas grave, tu trouveras peut-être autre chose la prochaine fois que tu y iras », en me caressant doucement la tête. Le moins que l'on puisse dire, c'est que la prochaine fois en question a été mémorable.

Je sais que je suis ici par choix, que c'est une idée que je me suis suggérée à moi-même, mais j'ai néanmoins la sensation d'avoir été poussé sur une scène qui serait située au fond du grand bain de la piscine municipale. Évidemment, je ne suis capable ni de nager ni de jouer la comédie.

— Voilà, tu sais tout. Ces carnets sont mes biens les plus précieux. Sans eux, je ne peux pas faire mon travail. Mais c'est un secret, hein. Entre toi et moi.

— Promis.

Alice est happée par cet endroit. Par les carnets. Elle continue de les regarder les uns après les autres, puis s'arrête.

— Pourquoi il n'est pas dans la librairie, lui ?

Elle me montre le livre que j'ai isolé, le premier jour. Il n'est pas puni. Il a juste une place à part.

— Ça aussi, c'est un secret.

C'est pratique, les secrets, pour éviter d'entrer dans des explications impossibles.

— Hmm, d'accord. Et au fait, pourquoi il est à part, le carnet du tiroir du comptoir ?

— C'est un secret encore plus secret.

— Bien sûr, je me disais aussi que ça ne pouvait pas être aussi simple que ça. C'est un sacré métier plein de mystères, n'empêche.

Je décide de la croire sur parole.

15.

L'autre jour, lors d'une de nos discussions, Alice m'a demandé ce que je serais, si j'étais un animal. C'est un sujet que je maîtrise, j'ai une passion pour les documentaires animaliers. Je peux passer des heures à regarder des écureuils tenter d'échapper à leurs prédateurs (dans les documentaires, ça se passe souvent bien pour les écureuils de ce monde) ou des oiseaux se faire la cour les uns aux autres en remuant leur plumage dans une danse sophistiquée.

Toujours est-il que j'ai réfléchi à cette histoire d'animal et, après quelques longues minutes, j'avais ma réponse.

— Un okapi, je pense. C'est joli, les okapis. Ils sont grands mais pas trop, assez solitaires, et n'ont que très peu de prédateurs. Ce qui m'arrange, je serais nul face à un prédateur.

— Tu ne pouvais pas répondre un ours, comme tout le monde ? Ou un lion ?

Un lion ? Si je suis un lion, alors c'en est un sans troupe, qui a un peu la flemme de chasser, qui ne prend pas soin de sa crinière et qui irait traîner du côté du point d'eau pour jouer aux cartes avec les antilopes (et tant pis si ça se termine en partie de solitaire).

— Ce qu'il faudrait ici, ai-je ajouté, ce serait un point d'eau. Je suis sûr qu'on en apprendrait beaucoup sur les gens si on les observait autour d'un point d'eau. Comme dans les documentaires avec des écureuils.

— N'importe quoi…

Puis elle s'est levée, tout doucement.

— En parlant de point d'eau, tu fais quoi dimanche ?

— Euh… ça dépend de la suite de ta question.

(Ne jamais accepter une invitation aveuglément, surtout si elle risque de me mener au bord d'une piscine municipale.)

Elle a pris un air très sérieux. Ce qui n'était pas dans ses habitudes. J'ai même dû me concentrer pour l'entendre distinctement, elle qui pousse d'habitude le volume à fond.

— Je voudrais te montrer un endroit pas loin d'ici.

— Mouais. Ne le prends pas mal, mais une balade avec une ado dont je n'ai même pas la responsabilité n'est pas exactement en haut de ma liste de priorités.

— Alleeeeeez ! Promis, c'est vraiment tout près. Tu seras rentré largement à temps pour préparer ta soupe.

J'étais à court d'excuses, alors j'ai accepté, après m'être assuré que ses parents seraient au courant. Ça ne me ferait pas de mal de prendre l'air, après tout. Peut-être même qu'il y aurait des écureuils.

*

Alice est venue me chercher à la librairie. Ça m'a fait bizarre de la voir sans son fidèle sac à dos. En tout cas, le soleil est de sortie. C'est un beau dimanche de printemps.

— Je t'éloigne de ton environnement naturel, j'espère que ça ne te fait pas trop peur.

Je commence (presque) à apprécier son esprit vif et ses sarcasmes intempestifs.

— Un okapi retrouve toujours son chemin. Enfin, j'espère. Alors, on va où ?

— Tu verras. Prêt ?

Je suis prêt.

Nous descendons la rue principale et bifurquons à droite pour suivre un petit sentier bordé d'arbres. Soudain, Alice commence à me raconter une première anecdote sur le petit buisson plein de ronces, où elle a chuté à vélo une fois, et puis une autre, ici, où Chloé et Timothée se sont embrassés la première fois. Alors, je suis content pour Chloé et Timothée (vraiment), mais l'endroit où ils se sont embrassés pour la première fois ne m'importe que très modérément. Papoter dans le cadre de mon travail, à la librairie, d'accord, mais sociabiliser à l'extérieur me rappelle combien ma propre adolescence est loin.

Dix anecdotes plus tard, je suis à deux doigts de regretter cette escapade, quand Alice s'arrête net.

— Nous y sommes.

Tout à mes rêveries, je n'ai pas vu le paysage défiler. Il a fallu traverser un cimetière, monter sur un muret et se faufiler entre des bosquets, mais le jeu en valait la chandelle. Devant nous, dans une vallée, s'étale une vaste étendue d'herbe, au milieu de laquelle se trouve un petit cours d'eau. J'aurais pourtant juré que tout était plat, que de l'autre côté du cimetière il n'y avait qu'un pré semblables aux autres. Je ne soupçonnais pas que ce village recelait un tel trésor.

— La légende raconte qu'il y a des sables mouvants invisibles un peu partout.

— T'es sûre que c'est une légende ?

(Je me méfie des légendes.)

— Bah oui, nigaud ! L'avantage, c'est que tout le monde connaît cet endroit et que personne n'ose y aller.

Je souris. Alice me désigne un banc, sous un grand châtaigner, en contrebas, au bord de l'eau.

— Vivian, je te présente officiellement mon coin secret. Mon sanctuaire.

Elle me plante là et se faufile droit devant entre les herbes hautes. Comme tout coin secret qui se respecte, le sien ne se laisse pas aborder sans mal. Les orties sont de la partie. Il y en a partout. Décidément, il faut vraiment que j'investisse dans une machette. J'arrive à ses côtés essoufflé et écarlate.

C'est loin de tout, hors du temps. J'avais oublié combien j'aimais le bruit des rivières. Et le chant des oiseaux... On dirait le paradis. Je tapote néanmoins le sol pour m'assurer que cette histoire de sables mouvants n'est qu'une légende.

Le banc en bois est un poil branlant. Sa latte cassée ne m'inspire rien qui vaille. Mais Alice s'y assoit en tailleur sans l'ombre d'une hésitation.

— C'est ici que je viens lire. Ou réfléchir.

Je l'ai rarement vue aussi mesurée. De toute évidence, c'est un lieu très important pour elle. Je pense même être le premier à qui elle le dévoile.

— Je te comprends. C'est vraiment très joli, ici.

— Si un jour tu cherches un endroit où lire ton livre préféré, je te le prête.

Je lui souris et nous restons quelques minutes ainsi, à contempler la nature bourgeonnante autour de nous. Je guette les écureuils, entre autres. En général, ils aiment les noisetiers. Ce qui m'aiderait serait de savoir à quoi ça ressemble, un noisetier. Je suis sorti de ma rêverie par la voix d'Alice, qui a retrouvé toute sa force.

— C'est quoi au fait, ton livre préféré ?

— Ah. Euh. Je n'en ai pas.

— Mais si, allez ! T'as forcément un préféré. On ne devient pas libraire sans livre préféré.

— Oui, bah moi, j'en ai pas.

J'ai répondu plus sèchement que je ne le voulais. Mais je n'ai aucune envie de me pencher sur la question.

Alice se lève alors et se plante devant moi, les bras croisés, avec un large sourire. Elle repart à l'assaut.

— On ne partira pas d'ici tant que tu ne m'auras pas donné le titre de ton livre préféré !

— Allez, viens, tes parents vont finir par s'inquiéter si tu rentres trop tard.

Ma mauvaise humeur me surprend moi-même. Comment est-il possible de faire preuve de mauvaise foi dans un tel endroit ?

Je fais demi-tour. Sans avertissement. Ce n'est qu'après une centaine de mètres que je me rends compte qu'Alice ne me suit pas. Dans un élan d'immaturité totale, je poursuis mon chemin sans elle. L'excursion est terminée.

Grâce à mon sens de l'orientation approximatif (tu parles d'un okapi), j'ai eu l'occasion de me perdre, ce qui m'a donné le temps de me calmer et de méditer un peu sur mon cas. Pas besoin d'avoir fait des années d'études de psycho pour l'expliquer. Mais me voici enfin de retour à la librairie. L'évidence est cachée dans le tiroir en face de moi. C'est injuste qu'Alice en ait fait les frais. Je lui raconterai tout la prochaine fois. Je lui dois bien ça.

Je sors le carnet du tiroir, je le pose sur le comptoir et, tout doucement, pour la première fois depuis mes dix ans, je l'ouvre à la première page.

Et je commence à lire.

ENFANCE
(Deuxième partie)

Il me faut un plan.

Quelque chose de solide.

J'y travaille depuis deux heures, allongé dans mon lit, et pour l'instant, tout ce que j'ai, ce sont quelques dessins dans un carnet, dont celui d'une montagne. Le sommet de mon imagination.

Réfléchissons.

Je pourrais, par exemple, la suivre de près, m'installer derrière le banc et lire discrètement par-dessus son épaule. J'ai de bons yeux ; je pense que, si je reste à un mètre, ça fera l'affaire. Comme ça, le lendemain, je retourne la voir, je m'assois à côté d'elle d'un mouvement fluide, je lui dis salut, moi c'est Vivian, et avec nonchalance je récite une partie de ce qu'elle lisait la veille. Elle se dira que c'est une coïncidence incroyable, qu'elle doit à tout prix devenir mon amie, et c'est alors qu'elle me livrera son secret. Que je connaîtrai le titre du livre. C'est imparable. Je suis un génie.

*

Je ne sais pas si la nuit a porté conseil, mais j'ai rarement été aussi motivé à l'idée d'aller à l'école. J'ai englouti mes céréales, choisi les bonnes chaussettes et même préparé le thé de maman, qui m'a regardé d'un air suspicieux. Elle a constaté que je n'avais pas l'air de vouloir lui réclamer quoi que ce soit et elle est retournée à sa lecture. Le bus a semble-t-il choisi de prendre son temps, indifférent à tout ce qui allait se jouer aujourd'hui, mais j'ai pris mon mal en patience. En classe, j'ai passé une heure et demie à regarder la grande horloge accrochée juste en face de moi (en face de tous les élèves, mais j'avais l'impression qu'elle n'était là que pour me narguer, avec ses aiguilles fourbes et leur lenteur infinie), tâchant de me faire discret pour ne pas attirer l'attention. À ce propos, personne ne nous a dit si une séance de rattrapage était prévue pour la photo de classe. En tout cas, j'ai senti quelques regards un peu lourds posés sur moi, lorsque je suis allé m'asseoir à ma place.

La sonnerie retentit enfin, libérant instantanément l'énergie collective de trente élèves ne demandant qu'à s'exprimer dans la cour de récréation. M. Picard m'intercepte avant que je ne puisse atteindre la porte. L'improvisation est mise sur pause.

— Vivian, attends une minute.

Je n'ose pas lui dire que je suis pressé, que j'ai tout un plan à mettre en œuvre, que son timing n'est vraiment pas le bon. Instinctivement, je me tais.

— Nous avons décidé que tu ne serais pas puni pour hier. Attention, ce n'est pas passé loin. Tu ne peux pas perturber la classe comme ça. Mais comme ça ne te ressemble pas, nous allons te donner un avertissement. D'accord ?

— Euh oui, merci, monsieur. Je peux y aller ?

— File.

Après avoir couru dans le couloir, me voici dans la cour de récréation, observant chaque groupe en action.

On retrouve les amateurs de ballons, qui parfois me convient quand il leur manque un joueur. Le clan « corde à sauter », dans lequel j'arrive à m'immiscer de temps en temps. Et tous les autres clans épars de ceux qui « jouent ». On joue beaucoup, en primaire. Les enjeux sont parfois élevés, d'ailleurs. Ensuite, on trouve ceux qui restent à l'écart, en petits groupes, indiquant leur appartenance et leur allégeance les uns aux autres. Pour l'instant, aucun ne m'a franchement convaincu. Je préfère les tester individuellement avant de m'engager. J'ai encore du mal à cerner leurs motivations. On ne peut cependant pas dire non plus qu'ils se battent pour m'avoir à leurs côtés, donc je dirais que nous nous excluons mutuellement.

Comme ce petit monde vaque à ses occupations, je pars en direction du banc, avec nonchalance, les mains dans les poches, évitant les regards pour ne pas me faire alpaguer (on ne sait jamais quand quelqu'un aura besoin d'un joueur en plus), ignorant en passant les rires passablement discrets qui me sont de toute évidence destinés. Ce dont je me moque totalement.

Je constate assez rapidement (j'ai l'œil) que la fille n'est pas sur le banc, cette fois-ci. Son livre non plus. C'est la déception. Pas grave, je vais m'asseoir et l'attendre. Elle préfère se poser au milieu, si j'en crois ce que j'ai observé hier, donc je choisis l'extrémité droite, pour ne pas l'effrayer. Après ça, j'improviserai. Voilà, faisons ça. C'est la thématique de la journée.

— Hé, tu fais quoi ?

Allons donc, il faut vraiment que je travaille ma discrétion. Je suis alpagué par un élève dont j'ignorais l'existence jusqu'à présent. C'est qu'il ne doit pas être dans ma classe. Ou alors il y a des nouveaux chaque jour et je ne vais jamais réussir à suivre, moi.

— Je... Je m'assois juste sur le banc. Pour... euh... être assis.

(Je brouille les pistes, bien joué, Vivian.)

— T'es fou ! Personne ne s'assoit sur le banc, ça porte malheur !

— Ah oui ? Il leur arrive quoi, à ceux qui s'assoient dessus ?

— Je ne sais pas, mais il faut être fou pour s'asseoir sur le banc maudit. Les gars, venez voir, il y a quelqu'un sur le banc !

Soudain, il y a tout un regroupement autour de moi. Les cordes à sauter ont arrêté de tourner, le ballon est sous le bras d'un des joueurs et, sans être paranoïaque, l'ensemble de la cour de récréation a l'air de me fixer du regard.

— Tu ne peux pas rester là, intervient le garçon au ballon avec beaucoup d'autorité, c'est interdit.

Mais j'attends quelqu'un. Et puis une fille s'est assise ici hier, et rien n'est arrivé.

Enfin, j'espère. Après tout, je ne l'ai pas revue aujourd'hui.

— Ça m'étonnerait. Tout le monde sait qu'il ne faut surtout pas s'asseoir ici.

— Bon, d'accord.

Le mystère s'épaissit. Surtout que là, tout de suite, la théorie de la malédiction et de la disparition de la fille sur le banc me paraît parfaitement plausible. Ce que j'ai vu hier devait être le fantôme d'une personne qui s'y était assise il y a des années. Juste pour lire. Et qui n'aurait jamais dû. J'imagine que c'était plus fort qu'elle. Je quitte le banc à regret, scrutant une dernière fois la cour : aucun signe de la fille au roman.

*

Le samedi suivant, à table, je saisis l'occasion de poursuivre mon enquête. Maman est experte en tout. Si je dois désormais affronter des spectres, son aide ne sera pas de trop.

— Maman, tu crois aux fantômes ?

— Qu'est-ce que tu as fait encore ?

Elle a posé sa fourchette et me regarde très attentivement.

— Bah, rien. J'ai tué personne, si c'est ta question.

— Tant mieux. J'ai d'autres choses à gérer.

Je crois qu'elle sous-entend qu'elle m'aiderait, si ça m'arrivait. C'est réconfortant.

— Mais sinon, ils existent ?

— Ta mamie disait qu'il y en avait un qui habitait dans notre maison quand j'étais petite. Elle l'appelait Norbert.

— C'était son vrai nom ?

— Je ne sais pas. Mais elle l'a toujours appelé comme ça. Dès qu'il y avait une coupure de courant, c'était Norbert. Des bruits bizarres ? Norbert. Des clés qui disparaissaient ? Norbert encore.

— Et toi, tu l'as déjà vu ?

— Jamais. Mais, tu sais, déjà à l'époque mamie était un peu spéciale. Elle s'imaginait beaucoup de choses.

On ne fréquente pas trop ma grand-mère. Elle habite pas loin, mais je n'ai pas l'impression qu'elles s'entendent très bien, maman et elle. Le peu de fois où nous lui avons rendu (brièvement) visite, je me souviens de longs silences pendant que je mangeais des langues de chat avec un verre de lait. J'espère que même adulte, même avec des enfants, ma maman et moi, on continuera à discuter de fantômes et du reste. Et qu'elle aura autre chose à me proposer que des langues de chat, parce que je n'aime pas trop ça.

Ce qui est sûr, c'est que je ne suis pas plus avancé qu'au début de mes petits pois-carottes. Autant dévoiler mon jeu totalement. Tant pis si je crée un tremblement de terre.

— J'ai vu un fantôme, moi, hier.

Voilà. C'est dit. Le rouleau compresseur de cette nouvelle essentielle va tout emporter sur son passage. Impossible de revenir en arrière. Les médias vont être fous. Je n'aime pas être au centre de l'attention (j'ai eu ma dose), mais je dois savoir me montrer à la hauteur de l'événement. Je choisirai bien mes chaussettes, demain.

— Ah oui ? répond maman, qui a repris sa fourchette et mâche désormais sa carotte avec nonchalance. Et il ressemblait à quoi, ce fantôme ?

— Juste à une fille.

— C'est déjà pas mal. Comment tu sais que c'était un fantôme ? Elle portait un drap ? Tu es passée au travers d'elle ? Elle a fait « hou hou » ?

J'ai toujours un peu de mal à savoir quand elle se moque de moi. Là, je serais tenté de dire que oui. Dans le doute, je poursuis.

— Non, mais elle était sur le banc maudit, ce qui est impossible, et elle lisait un livre. C'est forcément un fantôme. Personne d'autre ne l'a vue, en plus.

— Un banc maudit. Il fallait commencer par là. D'accord, Vivian, tu m'as convaincue. Mais tu lui as parlé ?

— Non je ne pouvais pas, j'étais dans le bureau de la direct... Euh, j'étais loin.

Cette fois-ci, elle a posé sa fourchette pour de bon. Poussé son assiette. Reculé sa chaise. Croisé les bras. Et ancré son regard dans le mien.

— Je peux savoir ce que tu faisais dans le bureau de la directrice ?

Zut, nous nous éloignons du sujet. Je lui parle d'un banc maudit, d'un fantôme qui lit, et elle, ce qu'elle retient, c'est cette histoire de bureau. Maman n'a aucun sens des priorités.

Il a bien fallu que je m'explique. Alors je lui ai tout raconté, en insistant sur le fait que je n'avais pas été puni. Elle m'a fait remarquer que j'aurais dû lui en parler, et qu'il était essentiel que l'on soit honnête l'un avec l'autre.

— Tu ne peux pas me cacher des choses aussi importantes, Vivian. Tu croyais quoi ? Que je ne l'apprendrais jamais ? Je suis obligée de leur parler, à tes instituteurs, tu sais. Et ils ont tendance à partager ce genre de petites anecdotes. C'est primordial que je puisse avoir confiance en toi. Je croyais que c'était clair depuis l'histoire de la signature.

Je ne suis pas fier de tout ça. À aucun moment elle n'a haussé la voix. C'est comme ça que je sais qu'elle m'en veut vraiment. Ce n'est pas de la colère. C'est bien pire : de la déception. Elle me répète souvent que ce que nous avons de plus cher au monde, c'est l'un et l'autre. Qu'il ne faut jamais l'oublier. Je savais, bien entendu, qu'il aurait fallu que je prenne les devants. Mais j'étais tellement accaparé par mon histoire et par mon plan que j'en ai oublié de m'inquiéter pour ça.

Au bout d'un moment, elle se lève de sa chaise et me prend dans ses bras. Tandis que mes larmes coulent doucement, je parviens à articuler :

— Mais je t'ai parlé du fantôme. C'était un gros secret, ça.

— C'est vrai, mon grand. Tu lui as donné un nom ?

*

De retour à l'école lundi, je suis entré dans la salle de classe sans lever les yeux du sol. Ces derniers jours m'ont un peu trop mis sur le devant de la scène, ce n'est pas le moment d'en rajouter. Le reste de l'année scolaire serait un calvaire, et moi, j'aime ma vie sans remous. Pour l'instant, je n'ai pas l'impression d'être dans le viseur du collimateur. Pas tant que je reste loin du banc.

Je suis à mon pupitre, toujours à observer le carrelage, quand M. Picard demande l'attention de toute la classe.

Comme je suis obéissant et discipliné, je lève les yeux.

Et là, je frôle l'arrêt cardiaque.

Devant moi, debout à côté de M. Picard, se trouve la fille du banc. Je reconnais ses cheveux longs et châtains tenus en place par un serre-tête vert. Elle porte une robe assortie et un gilet rouge. Pendant un court instant, je me dis qu'elle est venue pour moi, qu'elle sait que je sais et qu'elle doit me faire taire. Pourtant, elle a l'air parfaitement inoffensive. Mais je ne suis pas dupe, c'est précisément comme ça qu'elle a l'intention de s'y prendre. Dans la salle de classe. Où je suis coincé et à sa merci. Bien joué, le fantôme, bien joué. Je ne peux qu'applaudir. Mais mes mains sont d'une moiteur de compétition.

— ... voilà, je vous demanderai donc de l'accueillir comme il se doit et de lui faire une place dans le groupe. Je compte sur vous.

J'ai raté le début de la phrase, mais M. Picard peut manifestement la voir lui aussi. Il peut même la toucher, puisqu'il lui met doucement la main sur l'épaule pour lui signifier d'aller s'asseoir.

Tout fait sens, finalement. Elle a dû venir avec ses parents vendredi dernier pour s'inscrire à l'école, et elle les attendait sur le banc quand je l'ai aperçue. Voilà qui est terriblement terre à terre et manque de mystère et d'aventures. Mais l'énigme du livre reste intacte. Je n'ai rêvé ni son sourire, ni sa sérénité, à la fille du banc. Or, eux découlent directement d'un roman précis que je compte toujours bien découvrir. À tout prix.

Alors qu'elle part s'asseoir à sa place, à quelques tables de moi, sur ma droite, je me tourne sur son passage et lui décoche mon plus beau sourire. Elle me regarde à peine. Soit parce que je n'existe pas (si ça se trouve, le fantôme, c'est moi, et la malédiction du banc s'est mise en place de manière implacable), soit parce que j'ai surestimé le magnétisme de mon sourire, qui normalement appelle un certain mimétisme naturel. À moins qu'elle ne vienne de loin et qu'elle ne soit en plein décalage horaire. Il faut toujours quelques jours pour s'en remettre, à ce qu'il paraît. Moi, je n'en sais rien, je n'ai jamais vraiment voyagé à l'étranger. On part souvent, avec maman, mais jamais très loin. Maman ne supporte pas la foule. Et comme il y a du monde partout, d'après elle, les possibilités sont limitées.

L'année dernière, par exemple, elle m'a emmené avec elle dans un cabanon où il n'y avait pas l'électricité, au fin fond de nulle part. La route était étroite. Très étroite. Bien trop proche d'un ravin, avec bien trop peu de place pour que deux véhicules se croisent. J'ai cru mourir à plusieurs reprises pendant les derniers kilomètres du trajet.

— Tout va bien. On est bientôt arrivés. Tu vas adorer.

J'ai détesté.

Il a plu tous les jours. Impossible d'aller jouer dehors sans ramener une pneumonie. Les habitants du village (je ne sais pas s'il y a un minimum de maisons requis pour constituer un village) étaient assez âgés pour être les grands-parents de mamie, et nos voisins les plus proches étaient des ânes dans un pré. Ce qui limitait fortement les activités.

Maman, quant à elle, lisait et semblait heureuse.

— Ça, ce sont des vacances ! m'annonçait-elle, entre deux averses, en rapportant des pissenlits du champ d'à côté pour en faire une salade. Tu devrais venir te promener avec moi, la prochaine fois.

Pour moi, ça ressemblait surtout à la définition de la maltraitance.

Maman adore me répéter que je me complique la vie. Je commence à comprendre ce qu'elle entend par là. Par exemple, je suis présentement en train de me pencher dangereusement vers la droite pour tenter de voir à l'intérieur du cartable de la fille du banc. Au risque, de nouveau, de perdre l'équilibre. Si ça arrive, c'est comme ça que l'on se souviendra de moi à jamais.

Alors je me redresse. Je vais opter pour la facilité.

J'irai la voir à la récré, lui dirai salut, moi c'est Vivian, je t'ai vue l'autre jour dans la cour en train de lire, ça avait l'air super, c'était quoi, le titre de ton livre ? Ensuite, je le noterai dans mon cahier de textes, je le montrerai à maman et on ira à la librairie l'acheter ensemble. C'est un plan qui souffre de l'absence d'un brin de folie, mais qui est d'une efficacité et d'un pragmatisme redoutables.

Je suis lentement mais sûrement en train de gagner en maturité. Une fois qu'on l'obtient, la maturité, il est difficile de revenir en arrière. C'est l'avantage. C'est acquis. Pour la vie.

Curieusement, quelque chose me dit que rien ne va se passer comme prévu.

Ce qui se passe comme prévu, et c'est déjà bien, c'est la cloche qui sonne, annonçant le début de ma nouvelle résolution, de mon nouveau plan, et accessoirement de la récréation.

Arrivé dehors, je la cherche du regard. C'est encore plus simple maintenant que j'ai bien vu son visage et son gilet rouge. Mais c'est en vain. Évidemment, je décide d'aller de nouveau l'attendre du côté du banc. Si elle s'y sentait aussi bien en arrivant, elle souhaitera reproduire l'expérience. C'est ce que je ferais, moi, en tout cas. Il est hors de question en revanche que je m'asseye sur ce banc. Je n'ai aucune envie d'être une fois de plus traité de « t'es fou ». Je reste à bonne distance, les mains dans les poches, la nonchalance même de celui qui sait qu'il ne peut pas échouer. Je sais qu'elle viendra. Je sais qu'elle ne peut pas traverser les murs. Je sais qu'elle sera tout à l'heure dans la même classe que moi. Il n'y a nulle part ailleurs où elle puisse aller. En attendant, une voix m'interpelle :

— Hé, Vivian, tu viens jouer ? Il nous manque un joueur.

Comment peuvent-ils imaginer que je puisse m'adonner à de vulgaires jeux de ballon dans des moments aussi importants ? Je ne leur en veux pas, je cache trop bien mon jeu. Le terrain n'est qu'à quelques mètres de là, je pourrai sûrement surveiller le banc en même temps. Je ne suis pas particulièrement doué, mais j'hésite tout de même un peu, car ça me fait toujours plaisir quand on me demande de faire partie d'une équipe. Je dois néanmoins rester concentré sur ma tâche, je ne me laisserai pas hypnotiser par un ballon rond. Je refuse, donc, et mon hypothétique coéquipier hausse les épaules avant de s'adresser à un autre élève qui passe par là. Apparemment, je suis facilement remplaçable.

Je reprends mon poste, mais je ne vois toujours rien venir. C'est curieux. Pourquoi ne voudrait-elle pas continuer de lire son livre sur ce banc ? Retrouver ces moments suspendus, même juste pour quelques minutes, le temps de la pause ? C'est mon destin d'être ici. Je le sens. Les choses n'ont jamais été aussi claires dans ma tête.

— Attention !

J'ai à peine le temps de me retourner pour voir d'où vient cette injonction que je ressens une douleur fulgurante au visage. La dernière chose que je vois, avant de sombrer, c'est une forme blanche et floue arrivant bien trop vite en ma direction.

Le destin peut être pénible, par moments.

*

Je ne sais pas comment ma maman fait pour rester calme en toutes circonstances. Son fils est proche du coma, avec possiblement des dommages irréversibles au cerveau, et elle ne panique pas.

Elle n'a pas accouru en criant : « OÙ EST MON FILS ? OÙ EST MON FILS ? » Elle est arrivée dans un délai raisonnable et est venue me récupérer à l'infirmerie.

Elle s'est inquiétée tout de même de mon état de santé, a demandé à l'infirmière s'il fallait m'emmener aux urgences (apparemment non, sauf si je m'évanouissais de nouveau), et elle m'a pris la main pour m'accompagner à la voiture.

— Tu ne saignes pas, c'est que ça ne doit pas être trop méchant.

Elle le dit avec le sourire, sûrement pour dédramatiser la situation et me rassurer.

— Allez, on rentre à la maison. C'est une méthode un peu extrême pour rater l'école, mais tu dois te reposer.

Comme elle voit que son sarcasme ne déclenche qu'un demi-sourire chez moi, elle ajoute :

— Nous allons tout de même faire le test du beurre de cacahuètes. Pour être sûrs que tout va bien.

C'est un test assez simple : l'échelle de mes maladies est indexée sur mon appétit pour un sandwich au beurre de cacahuètes (avec gelée de myrtille, pour être précis). Si je suis incapable d'en avaler une bouchée, elle sait qu'elle doit appeler le médecin. D'urgence. Sinon, c'est qu'il est inutile de s'affoler. C'est un peu l'équivalent des sels ammoniacaux.

Peut-être que cette journée n'est pas totalement perdue, tout compte fait. J'y gagne du temps passé avec maman, ainsi qu'un sandwich au beurre de cacahuètes. Avec tout ça, j'en oublierais presque la fille sur le banc.

Presque.

Manifestement, l'univers m'a lancé un signe bien à lui. Je ne dois m'approcher de cette fille sous aucun prétexte. Sinon, gare au retour de bâton (enfin, de ballon). C'était un simple avertissement, et je sais ce dont l'univers est capable. Il est infini, après tout.

Mais, pour une fois, je ne vais pas me laisser abattre ou ralentir par une quelconque force infinie. J'aurai le fin mot de l'histoire. Si je fais trop compliqué, ça se retourne contre moi. Si je fais trop simple, ça se retourne littéralement sur moi. Le plus simple, en fait, c'est d'être compliqué. Alors autant y aller à fond.

Je prends un carnet, un stylo, et commence à y écrire tout ce que je sais sur la fille du banc.

Voyons.

Elle aime lire.

Elle aime être assise.

Elle semble apprécier le vert et le rouge.

Elle préfère les serre-tête.

Mon nouveau plan est limpide.

Il va juste être un peu long à mettre en place.

Je me sens tout petit à côté d'elle. Physiquement (elle est immense) et mentalement (elle est écrasante). Si nous étions dans un film, je serais filmé de dos, en plongée, prêt à bondir au cas où elle me tomberait dessus. Je doute que j'en sortirais vivant.

Me voici face à la bibliothèque de maman. Jamais je n'avais pris le temps de l'inspecter en détail avant aujourd'hui. J'ai le droit de m'y servir comme je veux, mais d'habitude je passe mon tour. À défaut de jouets, on y trouve un tapis, un fauteuil en cuir, un bureau et beaucoup de livres. Vraiment beaucoup de livres. Peut-être même tous les livres du monde jamais publiés, péniblement contenus par des étagères en bois clair qui s'étendent le long du mur, sur plusieurs mètres. Un véritable monstre en trois dimensions organisé de manière aléatoire. Je vois des piles dans tous les sens. Je vois les titres de certains livres et les pages de certains autres. Avant, j'appelais « la tranche » l'endroit où on pouvait lire le titre. Pour moi, le dos, c'était la couverture à la fin. Mais un jour, alors que j'ouvrais un des livres posés sur la table basse, maman m'a dit de faire attention parce que j'allais casser le dos (étape cruciale qui faisait partie de ses plaisirs et que je n'allais quand même pas lui retirer), l'image du dos m'est restée. Bref, c'est le bazar. Impossible de s'y retrouver. Même avec la meilleure volonté du monde, et la mienne est assez faible.

Je ne vais pas y couper : il va falloir faire appel à la cheffe du monstre. Laquelle se trouve dans le jardin, sur les genoux, en train de désherber autour des fleurs. Elle aime s'en occuper au point de pouvoir y passer des heures, le week-end, quand il fait beau. De temps en temps, je viens l'aider. Mais pas trop longtemps : ça donne des ampoules aux mains, ça fait mal aux bras, et il y a le problème des orties. J'ai beau retenir ma respiration, rien n'y fait. C'est une technique que m'a donnée maman pour empêcher que ça pique, mais c'était peut-être une blague (avec elle, je ne sais pas toujours).

— Maman, j'ai une question.

— D'accord. Mais, d'abord, tu veux bien aller me chercher un verre d'eau ? Quelque chose me dit que je vais en avoir besoin.

Je m'exécute.

— Très bien, mon chéri, je t'écoute.

— Tu pourrais m'apprendre à lire ?

— Mais tu sais déjà lire. Enfin, j'espère.

Ce sera un miracle si je m'en sors émotionnellement dans la vie, avec tous ces sarcasmes balancés à longueur de journée. Bon. Je vais à présent faire un saut de l'ange en grand écart dans un océan de foi. Parce que la question que je m'apprête à poser peut me plonger dans un précipice sans fond dont on ne revient pas. Les livres d'histoire retiendront qu'il y avait un avant et un après cette question. Elle sera décortiquée, analysée dans ses moindres syllabes. Ce n'est pas tous les jours qu'on change le cours d'une vie. C'est beau, l'inconscience de la jeunesse. Autant en profiter.

— Non, mais je veux dire lire de vrais livres, apprendre à aimer ça. Peut-être que tu pourrais m'en conseiller ? Je ne sais pas quoi choisir à la bibliothèque, et la dame du comptoir me fait peur.

Elle pose son verre pour mieux m'agripper les épaules tout en se mettant à mon niveau, et elle me regarde dans les yeux. Je ne sais pas si c'est le jeu où il ne faut pas cligner, mais je soutiens son regard. C'est moi ou il est un peu humide ? Je ne l'ai jamais vue pleurer. Il faut dire que maman ne se laisse pas déstabiliser facilement.

Sans poser de questions, elle fonce dans la bibliothèque, telle une survivaliste rassemblant ses provisions au moment de crier : « Enfin la fin du monde ! » Visiblement, elle espérait que cette question arriverait un jour. Elle était prête. Elle avait un plan, elle aussi. Je pense même que, si la fin du monde était pour demain, tout ce dont maman aurait besoin se trouverait dans cette bibliothèque.

— Tiens, me dit-elle en ressortant quelques minutes plus tard, les bras chargés d'une pile plus grande que moi. J'ai ce qu'il te faut. Ça devrait suffire, pour l'instant.

— Euh, mais, je commence par lequel ? C'est quoi, l'ordre ?

— Il n'y en a pas. C'est ça qui est beau, avec la lecture. Tu as juste à suivre ton instinct. Un mot, un titre, une couverture... Choisis ce qui t'inspire.

— Mais j'ai besoin que tu me dises lequel est le meilleur, celui qu'on aurait envie de lire sur un banc.

— Toi et tes bancs... Je peux t'apprendre beaucoup de choses, mais l'instinct, il est en toi. Il faut t'y fier. Je n'ai choisi que des livres qui, je l'espère, te plairont. Il n'y a pas de mauvais choix possible. Il y a juste un choix. Fais « plouf plouf », si tu ne me crois pas.

Ce n'est pas un plan, ça, le hasard. C'est du chaos. Trop risqué. Mais d'accord. Après tout, un premier tri a été effectué. Je peux bien lui faire confiance, à maman. C'est une professionnelle.

— Ah, juste un conseil : ne commence pas par *Sans famille*. Il y a des animaux qui meurent et je sais que tu n'aimes pas ça.

C'est comme ça que je me suis retrouvé dans ma chambre, entouré de livres, à tenter d'y voir clair dans mon instinct. Je me concentre pour percer le secret de chaque couverture, de chaque résumé. (Quand il y en a un. Certains livres n'ont que le titre et l'auteur sur la couverture. Même pas un dessin ni une photo ni une seule ligne pour donner envie. Comment je fais, moi ?) Et j'essaie de regrouper les livres par thématiques. Je les ouvre, je les sens, je les sonde et je leur attribue une place. Au bout d'un moment, tout est prêt. Moi y compris. Dans quelques jours, j'aurai tout lu, et la première phase de mon plan sera terminée.

Je m'empare du premier livre sur la pile numéro un. *Les Trois Mousquetaires*. Celui-là, j'en ai déjà entendu parler. Il a beaucoup de pages, par contre. C'est impressionnant, tous ces mots. Bon, ne paniquons pas. Ce que je vais faire, c'est que je vais le mettre un peu en dessous de la pile. Pour qu'il ne soit plus numéro un. Je vais commencer par le numéro deux. *Des souris et des hommes*. Une histoire avec des animaux. C'est exactement ce qu'il me faut. En espérant qu'ils ne meurent pas.

En quatre jours, je n'ai avalé que quarante pages. Lire prend du temps. Beaucoup de temps. Je l'avais négligé, ce facteur.

Il apparaît aussi clairement que j'ai surestimé mon rythme de lecture. Maman m'a dit un jour qu'il lui arrivait de lire en diagonale, quand un livre ne lui plaisait pas trop, mais qu'elle voulait tout de même en connaître les grandes lignes. J'ai essayé la diagonale. Ça ne fonctionne pas du tout. Je lis des mots au hasard (mais en diagonale) et je vais beaucoup plus vite, c'est certain, mais je ne comprends rien à l'histoire. Alors je dois reprendre depuis le début. C'est une perte de temps colossale, la lecture rapide. Une fois de plus, je pense que je réfléchis trop. La lecture n'est pas une question de statistiques. Je vais avancer à mon rythme. Allez, reprenons depuis le début.

Il m'aura fallu quelques jours supplémentaires, mais je suis venu à bout des *Souris et des hommes*. J'ai eu du mal à me mettre dedans. Je peux pourtant rester concentré des heures sur un dessin, à en peaufiner les moindres détails, sans jamais m'ennuyer. J'ai arrêté de montrer mes dessins à maman parce qu'elle ne les comprend pas. Elle confond les singes avec des soucoupes volantes, et quand j'ai voulu dessiner un cheval, elle a cru que c'était un vélo. Le problème vient soit d'elle, soit de moi, et je préfère la première option. Mais, en tout cas, j'ai quand même fini par aimer l'histoire. Surtout à partir du moment où Lennie reçoit un chiot en cadeau. Moi aussi, j'ai toujours voulu un chiot. J'ai tout de suite compris ce qui le rendait heureux. Après, c'est allé tout seul. Je lisais de plus en plus vite, sans perdre le fil. Maman venait dans ma chambre sous n'importe quel prétexte pour savoir si j'avais encore le livre à la main. Je ne suis pas sûr de l'avoir déjà vue aussi fière de moi. Je suis sûr en revanche qu'elle n'était pas obligée de venir plusieurs fois ramasser divers vêtements à laver à quelques minutes d'intervalle. Elle est généralement bien mieux organisée que ça et en profite pour me faire remarquer que je pourrais arrêter de tout laisser traîner par terre.

Ce matin, elle me fixe avec un grand sourire, à la table du petit déjeuner

— Quoi ?

— Rien, rien.

Elle continue de me fixer. Je sais que ce n'est pas une question de dentifrice puisque je ne me suis pas encore brossé les dents.

— Tu me regardes bizarrement.

— Je n'ai pas le droit de sourire à mon fils ?

— Comme je dis, c'est bizarre.

Elle finit par lâcher le morceau.

— Tu sais, un des grands avantages de la lecture, c'est qu'on peut la partager. Par exemple, tu peux me dire ce que tu as pensé d'un livre, et moi je fais pareil. C'est enrichissant. Pour toi comme pour moi. C'est important d'apprendre l'ouverture d'esprit.

— D'accord.

— Super ! Moi, c'est un de mes romanciers préférés, Steinbeck.

Si je suis honnête, je dois reconnaître que, depuis que j'ai lu les dernières pages du livre hier soir, je n'ai qu'une envie, celle d'en parler avec quelqu'un. J'avais une boule dans la gorge et j'étais triste pour George, j'étais triste pour Lennie, j'étais triste de ne plus retrouver ces personnages que j'avais appris à aimer et qui m'avaient accompagné pendant si longtemps.

— Ah, euh... J'ai bien aimé. Même si c'est triste. Et que beaucoup d'animaux meurent.

C'est que je suis pris au dépourvu. Je ne sais pas trop pourquoi j'ai aimé. Je sais juste que je n'aurais pas voulu être à leur place. Que parfois la vie n'est pas juste. Surtout quand on est un peu différent.

— Tu ne trouves pas que leur rêve de ranch, c'est une métaphore du rêve américain ?

Elle m'a totalement perdu, là.

— Ah oui, peut-être, dis-je avant de regarder ma montre. Oh là là, je vais être en retard pour le bus, comme le temps passe vite, il faut que je me dépêche.

J'ai passé la journée à l'école à repenser au livre. C'est vrai qu'il m'a marqué. Les personnages me manquent. Je me demande ce qu'il lui est arrivé, après, à George. Il faudrait que je demande à maman s'il y a d'autres histoires avec lui. Mais je vais déjà essayer le deuxième livre sur la pile. Il s'appelle *Le Meilleur des mondes*. Ça doit être joyeux. Je vais surtout m'assurer que j'ai bien ramassé tous mes habits. Je n'ai pas envie d'être dérangé.

Comme j'avais peur de ne pas me souvenir de toutes les histoires, j'ai commencé à les lister dans un carnet offert à Noël par maman. J'y mets le titre et ce que j'en ai pensé. Je n'aurai jamais une aussi jolie écriture que la sienne, mais je m'applique. Tous les ans, elle glisse aussi des carnets pour elle sous le sapin. Je trouve ça bizarre qu'elle s'offre des cadeaux à elle-même. Cela dit, ce qui l'est encore plus, c'est qu'elle fait semblant d'être surprise, comme si elle ne s'y attendait pas du tout. Mais je commence à comprendre son enthousiasme. Ces carnets sont la promesse de lectures futures et d'histoires à y noter. Moi, je mets des notes, justement. Contrairement à l'école, pour une fois, c'est moi qui ai le pouvoir. Je suis le maître des livres. Et puis ça me permet surtout de dessiner des petites étoiles. C'est toujours bon à prendre.

Le carnet se remplit petit à petit. Maman m'a dit qu'il ne fallait jamais se forcer avec les livres. Que, si j'en choisissais un qui ne me plaisait pas, je devais arrêter de le lire et que ce n'était pas grave. Pour l'instant, tout m'a plu. Même celui avec plein de pages, là, sur les mousquetaires.

J'ai mis quinze jours, cela dit, ce qui est un gros investissement.

Je n'en reviens pas de tous ces univers à portée de main. Un jour, je suis dans l'espace, un autre, en train de naviguer à la recherche de trésors. Mes préférés, je crois que ce sont les mystères à résoudre. Agatha Christie, par exemple. Je sais qu'elle va jouer avec mes nerfs, avec ma logique, qu'elle va brouiller les pistes pour finalement me surprendre. Il est très rare que je devine la fin. Bon, d'accord, je n'ai jamais deviné la fin. Parfois, je pense m'en approcher, alors que pas du tout. Comme avec son histoire dans le train, là. Je ne ferais pas un très bon écrivain de romans policiers. Je me demande si c'est difficile, de devenir écrivain. Passer ses journées à imaginer des histoires me paraît plutôt agréable comme moyen de gagner sa vie. Maman dit que j'ai le temps de penser à tout ça, que j'ai intérêt à faire des études et qu'elle ne connaît pas d'écrivain qui fasse des ronds sur ses « i ». En tout cas, le plaisir de la lecture prend le dessus sur mon plan. J'enchaîne les livres, j'enchaîne les couvertures, et la journée, à l'école, je ne pense qu'à ce moment qui m'attend le soir avant de me coucher. Je pourrais avancer plus vite en lisant pendant les récréations, mais je préfère que ça reste un secret.

En parlant de temps qui passe, malgré les piles qu'il me reste à lire (ce n'est que partie remise), je suis à présent prêt pour la phase deux. Celle qui déterminera la phase trois. Tout est extrêmement logique. Comme dans un roman policier.

Elle demande beaucoup de courage et de dextérité. Car la phase deux implique l'écriture d'un mot. Que je dois ensuite faire parvenir d'une manière ou d'une autre à la fille du banc.

Tout d'abord, il faut trouver le papier parfait. Qui soit efficace et original, mais sans se prendre trop au sérieux. Si elle le trouve plié et qu'elle ne le remarque pas parce qu'il ressemble trop aux siens ou que, pire encore, elle le jette sans l'ouvrir, alors je peux dire adieu à mon plan.

Ce mot doit renfermer la promesse d'un mystère qu'elle seule peut résoudre, sans pour autant l'effrayer. La dernière chose que je veux, c'est qu'elle le partage avec ses amis (elle s'est très rapidement intégrée dans la classe, bien mieux que moi, je pense, et je suis dans cette école depuis le CP) ou qu'elle le montre à M. Picard en me pointant du doigt.

Je vais de nouveau avoir besoin d'aide.

— Maman, tu le mets où, ton papier original et mystérieux, mais qui ne se prend pas trop au sérieux ?

J'ai appris qu'avec maman il valait mieux être le plus précis possible. Elle accorde beaucoup d'importance au vocabulaire.

— Qu'est-ce que tu racontes encore ? me répond-elle, allongée sur le canapé, un livre à la main (encore, mais à présent je comprends).

Bon, d'accord, j'ai peut-être été un peu trop précis.

— On a du beau papier ?

— Oui, fouille dans le premier tiroir du meuble dans l'entrée.

Aucun sarcasme. Et elle ne cherche pas à savoir pourquoi je pose cette question. C'est officiel, la dynamique de notre relation est en train de changer.

Ses informations étaient bonnes, et je trouve pile ce qu'il me faut. Je n'avais jamais remarqué ce tiroir, curieusement. Cette maison regorge de trésors insoupçonnés. Je suis tombé un jour sur un sac rempli de stylos. J'ai demandé à maman si je pouvais me servir, et elle m'a répondu qu'ils ne fonctionnaient plus.

— Alors pourquoi on les garde ?

— Parce que je trouve ça triste, de jeter un stylo. Mais je le ferai un jour.

Je n'ai pas insisté. Cette explication me paraissait parfaitement logique. En tout cas, je vais à présent pouvoir écrire mon message sereinement, sans être dérangé (j'ai un stylo qui fonctionne, moi). Ce sera idéal pour la concentration nécessaire à la perfection recherchée. Mon erreur a été de repasser devant le canapé. Je ne me méfiais plus, avec cette histoire de changement de dynamique. Sinon, je serais sorti pour faire le tour par le jardin, rentrer par la cuisine et éviter le salon. Mais non. Il a fallu que je baisse la garde.

— Et elle s'appelle comment ?

Elle me pose cette question sans lever les yeux de son livre, pour que je ne voie pas son sourire. Un sourire un peu attendri qui dit que son garçon grandit, mais un sourire surtout qui dit qu'elle ne lâchera pas l'affaire tant qu'elle n'aura pas toutes les réponses aux questions qui ne manqueront pas de se succéder. Bien entendu, je n'ai pas le droit de mentir. C'est notre pacte. À la place, je vais répondre par une autre question. Normalement, ça la déstabilise suffisamment pour que la conversation change de direction et qu'elle en oublie la question initiale.

— Tu lis quoi ? On mange quoi ce soir ? Je me demande comment je dois m'habiller demain.

Voilà qui devrait faire l'affaire.

— Allez, ne change pas de sujet, tu ne me parles jamais de tes amoureuses.

Ou peut-être pas.

J'entends bien qu'elle a du mal à ne pas rire. Elle sait à quel point ça me met mal à l'aise. Si on m'accordait un vœu, n'importe lequel, ce serait de revenir en arrière, prendre des cours de cirque et me contorsionner sous le canapé pour ne plus jamais en sortir (c'est le problème quand tout nous tombe dessus d'un coup, on n'a pas le temps de réfléchir à un plan très logique et on gâche son vœu).

— Non, euh, c'est rien, juste un mot à écrire pour quelqu'un de la classe, euh, c'est pas une amoureuse, j'ai pas d'amoureuse, je te le dirais sinon (je ris nerveusement), oui, voilà, c'est juste un mot, trois fois rien.

— Je ne t'ai jamais vu aussi rouge, mon chéri. Ça doit être une sacrée amoureuse.

— MAIS MAMAN !

— J'espère que ça marchera. J'aimais bien, moi, quand les garçons m'écrivaient des mots à l'école. L'important, c'est que tu sois sincère, ça ne pourra que la faire craquer.

Génial, exactement ce dont j'avais besoin. Imaginer ma maman à la place de la fille du banc. Même s'il ne faut pas oublier, encore une fois, que la fille du banc n'est pas mon amoureuse. Je ne suis pas amoureux. Je n'ai pas envie d'être amoureux.

Zut. C'est malin.

Comment on sait, si on est amoureux ?

Elle m'a déstabilisé, cette conversation. J'ai dû m'y reprendre plusieurs fois pour écrire mon mot. Il fallait en plus que je trouve l'écriture parfaite pour qu'elle ne ressemble surtout pas à celle d'un amoureux. Je regardais le mot de près, je le regardais de loin pour analyser les courbes des lettres. J'ai pensé à faire comme dans un film que j'avais vu et découper des lettres dans des magazines. Mais il n'y a pas de magazines à la maison, et dans le film c'était pour une demande de rançon. Je ne veux pas que mon message fasse amoureux, mais je ne veux pas qu'il fasse criminel non plus. Il doit bien exister un juste milieu. Après des dizaines d'essais, je pense avoir trouvé le mélange parfait. Je me relis cinquante fois, y compris avec l'index, pour m'assurer (dans la limite de mes capacités orthographiques) que je n'ai pas fait de fautes. Puis je le glisse dans mon cartable.

Au moment d'aller me coucher, maman vient comme toujours me dire bonne nuit. Elle tient un livre dans sa main. Elle ne doit pas être au courant du changement de phase.

— Tiens, je t'ai apporté ça. Je n'y ai pas pensé sur le coup, quand tu m'as demandé des conseils, mais je suis sûre qu'il te plaira énormément.

— Ah ? Il parle de quoi ?

— Tu verras. Ça s'appelle *La Cicatrice*. De Bruce Lowery. C'est une lecture marquante. Pour plein de bonnes raisons. J'ai hâte qu'on en discute.

— D'accord, merci, maman.

Même si j'ai apprécié qu'elle ne revienne pas sur notre conversation de tout à l'heure, j'ai néanmoins failli lui demander s'il était possible d'être amoureux de quelqu'un qu'on ne connaît pas. Je me suis ravisé. Trop vertigineux. Je mets son livre sur la pile la plus proche de mon lit. Ce sera ma prochaine lecture.

*

J'ai bien dormi. Ce sera la seule certitude du jour. J'ai finalement décidé que je m'en fichais, de cette question d'amoureux ou pas amoureux, et que ce qui comptait avant toute chose, c'était le titre de ce livre dans lequel était plongée la fille du banc. Voilà le vrai secret à percer. Il y a quelques mois, j'ai demandé à maman si on avait une religion. Je n'en étais pas sûr. Elle m'a répondu que je pouvais choisir de mon côté en fonction de ce que je ressentais et de ce en quoi je croyais, mais qu'elle-même était agnostique. Elle m'en a expliqué les grandes lignes, mais soit je n'écoutais pas, soit c'était trop compliqué, parce que je n'ai pas tout compris. J'en ai juste retenu que, pour elle, ça voulait dire que la question ne se posait pas, puisqu'elle ne pouvait pas en connaître la réponse. J'ai donc décidé que, pour l'heure, j'étais un agnostique de l'amour.

Le choix des vêtements. Le petit déjeuner. Le brossage de dents. Le départ pour le bus. Tout s'inscrit dans la normalité absolue d'un jour d'école comme un autre. J'ai présentement du mal à me concentrer sur autre chose que le papier dans mon cartable.

J'ai opté pour l'absence d'enveloppe. Je ne sais pas si ce sera un pari gagnant, mais ça me semblait approprié. C'est plus informel, moins guindé. C'est aussi plus silencieux quand on l'ouvre. Une enveloppe, ça se déchire. Une feuille pliée en deux ou en quatre (je n'ai pas encore décidé), non. Enfin, je n'espère pas. Si elle la déchire sans même l'ouvrir, j'en tirerai les leçons qui s'imposent et ce sera la fin de mon plan. La fin de tous mes plans, même. Il faut savoir prendre sa retraite.

L'idée, c'est de déposer le mot dans son cartable sans qu'elle me remarque. Il faut qu'il dépasse suffisamment pour qu'il ne se retrouve pas au milieu des devoirs et des cahiers, sinon c'est un coup à ce qu'elle le découvre dans vingt ans, quand elle rangera ses affaires de quand elle était enfant, par nostalgie. Je ne suis pas sûr de vouloir attendre aussi longtemps. Pour cette opération à haut risque, j'ai choisi le créneau de la récréation de l'après-midi. D'un point de vue stratégique, c'est l'idéal. Si je m'y prends le matin, je vais avoir du mal à garder ma nonchalance caractéristique. Je veux, bien entendu, qu'elle découvre que je me cache derrière cette écriture parfaitement maîtrisée, mais pas tout de suite. Le mystère doit demeurer entier. C'est important. Au risque de me répéter, j'ai un plan.

Comme toujours, l'horloge avance malgré tout. Je ne peux pas affirmer avoir appris quoi que ce soit aujourd'hui (puisque je n'ai rien écouté), sinon la patience, et aussi que je suis content de ne pas transpirer.

Bien.

Ils se ruent tous vers l'extérieur, créant un embouteillage vers la porte, et personne ne semble remarquer que je me traîne et que, en toute décontraction, les mains dans les poches, je m'approche d'un cartable qui n'est pas le mien. On ne se méfie jamais de quelqu'un avec les mains dans les poches quand il a l'air aussi détendu que moi. Allez, Vivian, à ce rythme, la récréation risque d'être terminée avant que tu n'atteignes la porte, me fait remarquer M. Picard.

— Euh oui, monsieur, je refais juste mes lacets.

C'est alors que je mets la touche finale à mon plan parfait et que je me mets à genoux juste à côté du cartable de la fille du banc, que je prends le mot et que...

— Monsieur Picard ! Il y a Vivian qui vole dans un cartable !

— C'est vrai ce que dit Nicolas ? Pourquoi tu fouilles dans ce cartable ?

M. Picard s'avance vers moi et, sans me laisser le temps de répondre, il ajoute :

— Je ne t'accuse pas. Mais si tu n'as rien à te reprocher, je te demanderai de vider tes poches s'il te plaît.

— Je n'ai rien volé, monsieur ! Je refaisais juste mes lacets.

— Allez, pose tout sur mon bureau.

Je ne vais pas y couper. Tant pis.

— Voilà, déclaré-je, en retournant mes poches vides.

— Nicolas, dit M. Picard en se tournant vers lui, tu es sûr de ce que tu as vu ? Ce sont des accusations graves, tu sais.

Voilà ce par quoi j'aurais aimé qu'on commence, avant de m'accuser sans preuves. Si Nicolas avait averti M. Picard que je tentais de mettre quelque chose dans un cartable, là d'accord. J'aurais été forcé de l'admettre, pour ne pas avoir à mentir.

Nicolas se contente de bredouiller et s'excuse auprès de M. Picard. Qu'il a dû confondre avec moi, j'imagine, puisqu'il ne me regarde même pas.

— Oublions tout ça, je ne veux plus vous voir tous les deux. Allez, ouste !

Il nous pousse alors gentiment vers la porte. J'ai tout juste le temps de me retourner et d'apercevoir mon mot. Dans le cartable. Exactement à l'emplacement que j'imaginais.

Jamais je n'aurais pu imaginer que l'attente serait aussi insupportable. Quoique j'aie déjà connu ça. Avec une lampe torche gratuite. Ça me paraissait le plus beau des cadeaux. Une lampe torche gratuite en échange de preuves d'achat. Tout ce que j'avais à faire, c'était manger des paquets de céréales. Ça tombait bien, c'était ma spécialité. Mais sur le paquet, écrit en tout petit pour qu'on ne se méfie pas trop, il était mentionné qu'il fallait attendre quatre à six semaines après réception du courrier. Les six semaines les plus longues de toute ma vie. Enfin, là, l'enjeu n'est pas le même.

Le mot n'est qu'une étape avant la toute dernière. La plus importante. Ce mot, c'est une invitation. Avec un lieu. Avec une date.

Je pense qu'on ne dirait pas, comme ça, mais la plupart de mes plans ne relèvent en réalité que de l'improvisation. Autrement dit, leur degré d'élaboration est minime. Ils demandent des ajustements permanents. Si, par exemple, j'avais étudié la question deux secondes, je me serais peut-être dit qu'il aurait été malin de fixer un rendez-vous dès le lendemain. Plutôt qu'une semaine plus tard.

Au moins, ça me laisse le temps de me préparer. Et à la fille du banc de se remuer les méninges à la recherche du mystérieux messager. Il n'existe rien de plus intrigant qu'un mot apparaissant de nulle part par magie au détour d'une récréation. Si ça se trouve, je vais lancer une mode qui prendra comme une traînée de poudre dans l'école. Tout le monde se donnera rendez-vous via des mots discrètement déposés. Mais pour l'instant, comme je suis coincé chez moi, autant aller embêter maman. Elle saura quoi faire, comme toujours.

Je la trouve dans la cuisine, en train de faire la vaisselle. Comme je ne sais pas comment engager la conversation, je lui lance :

— Dis, tu fais quoi ?

Je ne savais pas comment engager la conversation.

— À ton avis ?

Elle fait une pichenette avec ses doigts et m'envoie de l'eau du bac à la figure.

— Qu'est-ce qu'il y a ? Tu t'ennuies ? J'ai deux ou trois idées si c'est le cas.

C'est particulier, l'humour des mamans.

— Non, merci. En fait, je me demandais si tu pouvais m'apprendre à m'habiller ?

— D'abord tu me demandes de t'apprendre à lire, et maintenant ça ? Tu fais ta crise des dix ans et tu aimerais en avoir de nouveau six ? Prends plutôt un torchon et aide-moi.

Elle se saisit de celui accroché devant elle et me le lance, ne me laissant d'autre choix que d'obtempérer. Je n'ai jamais d'autre choix, de toute façon.

— Je t'ai déjà expliqué l'astuce pour les chaussettes. L'essentiel, c'est qu'elles soient de la même couleur. Qu'est-ce que tu as besoin de savoir d'autre ?

Tout. J'ai besoin de tout savoir. Je sais que, pour les grandes occasions, il faut bien s'habiller. Quand maman est plus belle que d'habitude et qu'elle se parfume, je sais que la voisine viendra me garder pour la soirée. Je l'aime bien, la voisine. Elle est gentille. Elle fait surtout du pop-corn à chaque fois et après ça sent bon dans toute la maison. Je me souviens aussi que j'ai dû mettre une chemise et un pantalon pour aller à un mariage. Même si c'était pas des gens que je connaissais. J'ai eu le droit de garder mes baskets, maman ne voulait pas m'acheter des chaussures que je n'allais porter qu'une fois. « Avec un peu de chance, personne ne regardera tes pieds », m'a-t-elle dit. Ça pourrait être le titre de mon autobiographie, à en juger par les dernières semaines. Je voudrais surtout que, le jour du rendez-vous, la fille du banc comprenne que c'est un moment spécial, que j'ai fait des efforts. J'ai choisi un lieu symbolique, déjà, et je souhaiterais que, dès qu'elle m'apercevra, elle se sente en confiance, plutôt que de me regarder sans me voir. Je serais peut-être moins transparent en portant les bons habits. Je ne sais pas comment expliquer ça à maman.

— Si par exemple t'étais un garçon. Que tu devais faire venir la voisine parce que tu sors. Tu t'habillerais comment ?

— Eh bien, ça dépend. Je ne m'habillerais pas de la même manière pour une réunion à l'école que pour un restaurant ou une fête.

Allons-y pour l'option fête. C'est ce qui colle le mieux.

— C'est une fête où on danse ? me demande-t-elle.

— Euh, non, c'est pas prévu.

Je n'avais pas pensé à de la musique. C'est toujours un petit plus, en termes d'ambiance. Mais je serais bien embêté s'il fallait danser, donc oublions.

— Le plus important, c'est que les couleurs du haut et du bas aillent bien ensemble. Elles doivent être complémentaires et...

Elle s'arrête soudain de parler et de rincer l'assiette qu'elle tient dans la main et me regarde.

— Tu sais, il n'y a pas vraiment de règles. Sois toi-même. Si les gens jugent tes habits, alors ils ne valent pas la peine que tu t'attardes auprès d'eux. Si c'est un amour… une amie, tant qu'elle voit que tu as fait un effort, ça lui fera plaisir.

Faire un effort. Oui, ça, je peux. J'irai fouiller dans mes placards pour trouver quelque chose qui change un peu. Elle me voit tous les jours à l'école, la fille du banc, elle remarquera la différence. Dommage que je n'aie que des baskets. Avec un peu de chance, elle ne regardera pas mes pieds.

J'ai passé le reste du temps à rêvasser plus qu'autre chose, surtout à l'école. Il était primordial de ne pas attirer les soupçons. Je devais être moi-même : mi-présent, mi-transparent. Il n'est étrangement pas simple de se forcer à être soi-même. J'aurais cru que ça me viendrait plus naturellement. Mais je pense avoir réussi. Personne ne m'a demandé si je savais quoi que ce soit au sujet d'un mot mystérieux. La fille du banc a dû vouloir le garder secret. Je la comprends. C'est aussi ce que moi j'aurais fait. C'est sûrement un signe qu'elle me comprend, finalement.

*

Aujourd'hui, c'est le grand jour. J'ai relu tout mon carnet de lectures une dernière fois, avant d'éteindre la lumière. Il n'est jamais trop tard pour réviser.

La matinée à l'école s'est passée sans encombre. Il faut dire que nous approchons de la fin de l'année scolaire et qu'il y a déjà un parfum de grandes vacances. Je pense que c'est mon odeur préférée. Quand l'été n'est pas encore tout à fait là, mais presque. Le champ des possibles est officiellement ouvert.

Comme tous les mercredis, puisque je n'ai pas école l'après-midi, je rentre directement à la maison pour déjeuner. Pour une fois, je sais précisément ce que je ferai de mon temps libre. Je ne sais pas si je l'ai déjà précisé, mais j'ai tout prévu. La journée sera parfaite. Je le sens.

Au moment de franchir la porte d'entrée, je crie à maman de ne pas m'attendre pour le goûter, que je vais faire un tour, mais que je ne rentrerai pas tard, promis. C'est un moment crucial. Il ne faut surtout pas qu'elle vienne vers moi et qu'elle veuille en savoir plus. Elle me répond « D'accord, mais sois sage ». Je fonce, face à la lumière aveuglante, affronter mon destin.

Me voici dans la dernière ligne droite.

J'ai un peu chaud, dans ma chemise et mon pantalon, mais ce bouquet cueilli en route me donne une assurance supplémentaire. Je n'ai aucune idée du nom des fleurs que j'ai choisies, mais elles sont jolies. Il y en a de plein de couleurs différentes, ce qui fait son petit effet. Et puis tout le monde aime les fleurs.

Devant moi, à quelques mètres, se tient ma destination.

Je m'arrête. Je rassemble mon courage. Je regarde ma montre. Tout va bien. J'ai quelques minutes d'avance. Comme prévu.

Je fais quelques pas et entre dans la bibliothèque municipale.

Il y fait frais, c'est agréable. Indépendamment de cet aspect, je m'y sens bien plus à ma place depuis que j'ai lu plein de romans. Je devrais lui donner une deuxième chance, à cette bibliothèque. La dame du comptoir, celle qui m'a toujours fait peur, nous lance un regard circonspect, à mon bouquet et à moi. Je me contente de hausser les épaules de la manière la plus mignonne possible et je poursuis mon chemin.

Ma plus grande crainte à présent serait que la fille du banc soit en avance. Tout va bien, je ne la vois nulle part. Si c'est toujours le cas après l'heure du rendez-vous, je commencerai à paniquer, mais pour l'instant c'est normal. Il n'y a presque personne. C'est d'ailleurs pour cette raison que j'ai choisi un jour de semaine et une heure en plein milieu de la journée. Ça ne me dérange pas de parler en public, mais là j'aimerais autant que les curieux ne se mêlent pas de ce qui ne les concerne pas. Je regarde ma montre pour la vingtième fois en une minute, et je pars me mettre en position, au rayon littérature, tout au fond, contre le mur. Comme prévu. Comme indiqué dans mon mot.

Je ne sais pas trop quoi faire de mes mains, alors je tiens mes fleurs bien serrées devant moi. Et j'attends. Je me sens calme, investi d'une mission. Cette dernière est assez simple : lorsqu'elle apparaîtra, la fille du banc aura l'heureuse surprise (teintée de soulagement) de constater que c'est moi. Je lui offrirai le bouquet et elle le posera délicatement sur une table, se promettant de ne surtout pas l'oublier en partant. Puis je lui expliquerai tout. Je commencerai par lui montrer ma carte de la bibliothèque, pour qu'elle comprenne que je ne suis pas là par hasard, que moi aussi j'aime les livres. Après ça, je lui demanderai son genre de prédilection. En fonction de sa réponse, j'irai chercher dans les rayons un des livres de mon carnet, et je le lui présenterai, en insistant sur les points qui font que c'est un de mes livres préférés et que je souhaite le partager avec elle. J'ai déjà fait mon repérage, bien entendu. J'étais un peu déçu de voir qu'ils n'avaient pas certains de mes romans favoris, notamment *Un cadavre dans la bibliothèque*, parce que ça aurait été rigolo, mais je devrais pouvoir m'en sortir malgré tout. Émue par tant de partage et de sincérité, elle ne pourra que me renvoyer la pareille, me retournant la question. Je lui répondrai alors innocemment que oh, je ne sais pas, vas-y, choisis ton livre préféré, toi, et peut-être que, si tu ne le trouves pas ici, tu pourras me prêter ton exemplaire ? J'aurai alors enfin le titre tant convoité du livre magique qui semblait tellement la rendre heureuse, et ma vie en sera changée. C'est imparable. Il est possible qu'il existe un monde dans lequel je serais parvenu au même résultat en beaucoup moins de temps et sans bouquet de fleurs, mais je ne suis pas certain que ce monde m'intéresse.

Je refais le scénario dans ma tête, les yeux baissés vers mes chaussures et un sourire niais aux lèvres, lorsque j'entends ricaner, pas loin. Je lève les yeux et j'aperçois plusieurs élèves de la classe, juste devant moi. Ils sont cinq ou six. Au milieu se tient Nicolas, accompagné d'amies de la fille du banc, celles avec qui elle passe ses récréations. Nicolas a l'air extrêmement fier d'être là. Je ne sais pas pourquoi, mais j'ai le réflexe de cacher le bouquet derrière mon dos. Tout le monde rit de bon cœur. De plus en plus fort. Ils scandent : « Vivian, il est amoureux-heu ! », encore et encore. Je suis pétrifié. Incapable de réagir. Je pensais avoir tout prévu, mais j'avais oublié la méchanceté. On dirait un lapin pris dans les phares d'une voiture. D'ailleurs, un flash m'aveugle, et l'une des filles s'exclame que c'est bon, elle a la photo, qu'ils peuvent repartir. J'ai beau me coller contre le mur autant que possible, je ne parviens pas à le traverser pour m'enfuir.

Soudain, tout me revient.

J'étais tellement concentré, tellement obnubilé, que je n'ai pas vu ce qui se tramait réellement cette dernière semaine. Les chuchotements sur mon passage, dans la classe, les regards amusés, les sourires en coin. Mon inconscient a tout occulté. Comment ai-je pu être aussi bête ? Nicolas m'avait vu, près du cartable. Il a deviné ce que j'avais fait. Et il en a profité pour lui aussi monter un plan. Un plan sans bouquet de fleurs, mais avec un bouquet final.

Tout ce que je voulais, c'était connaître le titre d'un livre. Un fichu livre.

Je m'assois à la table la plus proche, pose la tête entre mes bras, et je me promets de ne plus jamais me faire avoir par de la fiction. Ni la mienne, ni celle des autres.

Je sèche mes larmes, laisse le bouquet sur une étagère du rayon « Histoire » et quitte cet endroit pour la dernière fois.

16.

Je n'ai pas vu le temps passer.

Je referme le carnet, puis l'ouvre de nouveau à la première page. Je passe machinalement mon doigt sur les mots que j'y ai écrits il y a tant d'années et qui différencient ce carnet de tous les autres : « MES LECTURES ». Je savais déjà faire preuve d'une inspiration contenue. Chaque lettre est écrite avec une couleur différente. Le moins que l'on puisse dire, c'est que je m'étais appliqué. Je serais incapable d'écrire aussi bien aujourd'hui. La toute dernière entrée du carnet est incomplète. C'est visiblement le titre que j'avais l'intention de lire avant la dernière phase de mon plan infaillible qui m'est retombé sur le coin de la figure. Il faudrait que je le retrouve, lui.

Quelque chose de l'ordre du subconscient m'a empêché de le jeter, pendant toutes ces années. C'est étrange. Comme si j'avais eu l'intuition qu'il me resservirait un jour. Ou qu'il s'agissait d'une partie de moi trop importante pour que je la détruise.

Le pire, c'est que je ne suis pas sûr d'en avoir un, de roman préféré. Car c'est tout ce que je cherchais, en me replongeant dans ce carnet.

J'avais tenté d'impressionner la fille du banc en accumulant le plus de lectures possible, et ma mère les avait tellement bien choisies qu'il m'est encore aujourd'hui difficile d'en distinguer une plutôt qu'une autre. Parce qu'il faut bien admettre que, même en ayant passé des années à sciemment chercher à les oublier, elles restent ancrées en moi. Le traumatisme de ma déception aussi, mais il faut croire que ça n'a pas suffi à éteindre les étincelles de bonheur liées à ces livres.

Les souvenirs sont remontés les uns après les autres à la surface de ma mémoire. Je me suis rappelé les couvertures. Je me suis rappelé les impressions, les sensations, les soirées qui passaient en un clin d'œil. Je me suis rappelé l'émerveillement. Les détails des histoires m'échappaient, cependant. Même en lisant les résumés que j'en avais faits.

Je me sens soudain plus léger, moi. J'ai comme une envie de partage. À défaut de livre préféré, je peux bien en choisir un du carnet. Ça lui fera plaisir, à Alice. Je doute qu'elle m'en veuille longtemps. Enfin, j'espère qu'elle est moins rancunière que moi à son âge. Je n'ai plus adressé la parole à aucun de mes camarades de classe, après l'épisode du bouquet.

Le mercredi suivant, voilà que je trépigne d'impatience à l'idée du cadeau que je m'apprête à faire à Alice. Je ne l'ai pas vue depuis le début de la semaine, mais elle ne peut tout de même pas m'en vouloir au point de se priver de son endroit préféré sur terre (enfin, son deuxième endroit préféré après son sanctuaire, restons modeste). J'ai passé une partie de la matinée à tenter de remettre la main sur quelques romans issus de mon carnet d'enfance. Certains ont été vendus entre-temps (je trouve incroyable de ne pas m'en être rendu compte au moment de leur passage en caisse), mais la plupart sont toujours présents dans la librairie. Dont celui que j'ai finalement choisi pour Alice et que j'ai emballé, oubliant l'espace d'un instant à quel point je n'étais pas doué pour ça. Au moins, ça m'a occupé l'esprit. En attendant, je le mets dans le tiroir du comptoir, au-dessus de mon carnet.

Lorsque je reviens à la librairie après ma pause déjeuner, deux adultes m'attendent déjà devant la porte d'entrée. Ils ont un air grave qui laisse penser qu'ils préféreraient être ailleurs, mais qu'on ne leur avait pas laissé le choix. Ils semblent approcher de la cinquantaine. La femme s'accroche à son sac à main comme si sa vie en dépendait tandis que l'homme avance, les bras ballants et la tête baissée.

— Bonjour, me dit ce dernier, nous sommes les parents d'Alice et... Bon sang, où est-elle encore passée, celle-là ?

Il retourne sur ses pas, franchit la porte et appelle sa fille en chuchotant très fort.

— Alice ! Allez ! Ne nous fais pas attendre !

Clairement, quelque chose ne va pas. Si c'est à cause de dimanche, c'est un malentendu que je serai heureux de dissiper.

— Je suis désolé pour dimanche, m'empressé-je de dire. Alice m'avait affirmé qu'elle avait votre autorisation et que vous saviez où elle se trouvait, sinon...

— Alice a quelque chose à vous montrer, m'interrompt le père.

Alice se trouve derrière ses parents. Penaude. Les bras dans le dos. La tête baissée. Elle évite visiblement de croiser mon regard. Je comprends de moins en moins ce qu'il se passe. À ses pieds se trouve un sac de courses. Rempli de livres.

— Allez, Alice, lui intime sa mère, les dents serrées. Montre au monsieur ce que tu as fait.

Alice prend alors le sac et le déplace tant bien que mal sur quelques mètres en ma direction. J'ai rarement vu quelqu'un aussi embarrassé (pourtant, je m'y connais). On dirait que c'est une torture pour elle, d'être ici.

— Je... j'ai pris ces livres dans la librairie, bégaie-t-elle dans un souffle quasi inaudible.

Alors je veux bien ne pas être très observateur, mais ça, je le savais déjà. Pas de quoi se mettre dans cet état.

— Je sais bien, ma grande, ce sont ceux que tu as achetés.

Apparemment, je suis lent à percuter. Ou alors je ne veux pas comprendre.

— Non, elle vous les a volés, dit le père, ne lâchant pas sa fille des yeux. Volés !

Je regarde Alice, incrédule.

— Mais... Enfin... Alice, pourquoi ?

C'est tout ce qui me vient à l'esprit. Je suis abasourdi. Cela dit, c'est une bonne question. Pourquoi ?

Alice ne me regarde toujours pas et continue d'inspecter méticuleusement le sol. La tension est trop forte pour elle, et elle se met à pleurer.

— Je ne sais pas..., renifle-t-elle entre deux sanglots.

Je réfléchis à une réponse adaptée.

Parce que oui, moi aussi, j'ai volé. Oh, il n'y a pas vraiment de quoi être fier. Je ne bravais pas je ne sais quel interdit pour montrer à la société qu'elle ne m'aurait pas et que je crachais à la figure de l'ordre établi. Non. Un jour, j'ai volé une pierre. Même pas précieuse. Un caillou, pour résumer. J'avais l'âge de ce jeune garçon dans la librairie. Pour je ne sais quelle raison, je m'étais mis en tête de commencer une collection. J'ai toujours aimé les collections. Il y a quelque chose de satisfaisant dans l'accumulation, surtout lorsqu'on lorgne vers l'exhaustivité potentielle. J'ai longtemps hésité (disons que c'est une décision qui a mûri au moins quelques heures), parce que ce n'est pas un choix à prendre à la légère. Une collection, c'est sacré. Les parents n'ont pas le droit de les jeter. C'est hors limites. Enfin, ça, c'est la théorie. En pratique, nous connaissons tous quelqu'un qui connaît quelqu'un dont les parents ont jeté une collection de je ne sais quoi et qui le regrettent amèrement aujourd'hui, à l'heure où il faut payer leur maison de retraite. Toujours est-il qu'un jour j'errais du côté de la maison à la recherche d'une activité solitaire (j'avais quelques amis, au collège, mais leur présence m'importunait plus qu'autre chose, ce qui est une définition très singulière de l'amitié, j'en conviens), quand soudain je vis cette pierre. Mais pas n'importe quelle pierre : une création d'une perfection totale. Elle était à la fois rêche et polie, pleine d'aspérités, et elle brillait au soleil. J'ai bien entendu décidé de la rapporter dans ma chambre, puis d'entamer sur-le-champ une collection de cailloux. Heureusement, par la suite, j'ai fait des choix un peu plus judicieux dans ma vie.

Le lendemain, nous étions dans une boutique, ma mère et moi, lorsque mon sixième sens (le fameux) m'a attiré vers un coin où, sur une étagère, se trouvait une pierre. Sublime, encore. Je ne voyais qu'elle. J'étais obnubilé. Elle était faite pour enrichir ma collection bourgeonnante. Mieux que ça, elle en serait la pierre angulaire. Sauf que je n'avais pas d'argent. D'ailleurs, le prix n'était même pas indiqué. Sa valeur était bien au-delà de toute considération marchande. Alors j'ai regardé à droite. J'ai regardé à gauche. Je lui ai dit pardon, c'est pour ton bien, et je l'ai mise dans la poche de mon manteau. Et je suis allé voir ma mère en lui disant que j'avais très envie d'aller aux toilettes et qu'il fallait partir maintenant. J'étais nerveux, je savais pertinemment que c'était mal de voler, que rien ne le justifiait, mais c'était plus fort que moi.

Une fois la porte du magasin franchie, j'ai pu soupirer de soulagement. Il ne pouvait plus rien m'arriver. J'ai mis ma main dans ma poche et j'en ai sorti mon trésor pour m'assurer que je ne m'étais pas trompé. (Dans la précipitation, j'aurais très bien pu empocher autre chose. Un cactus ou que sais-je.)

— C'est quoi, ce truc ?

— Ah, ça. Euh, rien. C'est un caillou. Je... Je l'ai trouvé par terre.
— Vivian...
— Par terre, sur une étagère...
— Allez, va le rendre. On en discutera après.
Nous sommes retournés dans la boutique, ma mère m'a forcé à aller au comptoir pour expliquer au vendeur que, pardon, j'ai volé, ça ne se reproduira plus, je paierai le double de son prix s'il le faut (je vais être endetté jusqu'à la fin de mes jours), je sais que c'est mal, pardon encore.
— Mais... C'est de la décoration. Ce n'est pas à vendre. Il peut la garder, s'il veut, le petit.
Ma mère lui a jeté un regard comme elle seule en a le secret. Un regard qui dit de ne pas se mêler de mon éducation, qu'elle sait ce qu'elle a à faire et que ce monsieur ferait mieux de prendre cette affaire au sérieux. Certaines batailles perdues d'avance n'en valent pas la peine. Par définition.
De mon côté, le message était somme toute bien passé. Voler, c'était mal. Se faire prendre, encore pire. Et il fallait revoir la pertinence de cette collection difficilement exhaustive. (Il y avait beaucoup de cailloux sur cette planète. Et sûrement sur les autres aussi.)

Pour en revenir au cas d'Alice, je repasse le film de nos discussions, de nos échanges. Il y avait pourtant une certaine complicité entre nous. De l'honnêteté, au moins. Ce qui est sûr, c'est que je ne m'étais pas ouvert ainsi à quelqu'un depuis des mois, voire des années. Sauf que, pendant ce temps, elle volait sans vergogne des livres par dizaines. Jour après jour. C'est bien plus qu'un simple caillou.

— Si vous saviez, monsieur, comme nous avons honte, ajoute sa mère. Elle ne manque de rien. Elle a même de l'argent de poche. Nous lui avons transmis de bonnes valeurs. Elle sait que c'est mal, de voler.

Dimanche, ils sont allés dans sa chambre pour vérifier qu'elle l'avait bien rangée, comme promis, avant de partir on ne sait où. Ils ont été surpris d'y voir autant de livres empilés par terre. Lorsqu'elle est rentrée, Alice était contrariée et le ton est monté. Ils ont exigé une explication et elle leur a crié dessus. C'est alors qu'elle a admis le vol des livres, sans exprimer de regrets.

Je n'arrive plus à regarder Alice. Et inversement. Du reste, elle ne s'excuse même pas. Ce sont ses parents qui le font à sa place. J'apprécie généralement le silence de la librairie, où les gens chuchotent la plupart du temps (sans doute pour ne pas déranger les livres), mais celui qui s'installe en cet instant est lourd et pesant.

— Alice nous assure que tout est dans ce sac, ajoute le père, brisant le silence. Il ne devrait rien manquer. Mais nous comprendrions aisément que vous souhaitiez porter plainte. Ça lui servirait de leçon.

Je ne me suis jamais demandé comment je réagirais face à une telle situation. Alors que j'imagine que le vol est inévitable, dans un commerce. J'aurais préféré que l'inévitable reste invisible, et surtout qu'il soit le fait d'un inconnu.

— Je ne pense pas que ce soit nécessaire.

Je me tourne vers Alice. J'ai l'impression d'enfoncer le clou avec un marteau bien trop gros, mais c'est plus fort que moi.

— Je ne veux plus te voir à la librairie. Du moins, pas avant quelque temps.

— Je... Je comprends.

Après s'être excusés à nouveau tour à tour, ses parents sont partis, laissant derrière eux ce maudit sac rempli de livres que je n'ai pas le cœur de ranger. Alice les a suivis, la tête toujours baissée, sans se retourner.

J'ouvre le tiroir du comptoir, où le paquet-cadeau que j'avais fait me regarde. Je le referme. Je secoue la tête, incrédule. Et triste.

17.

Un seul être vous manque, écrivait je ne sais plus qui. Je n'irais pas jusqu'à dire que la librairie est dépeuplée, mais ce matin c'est assez désert. Je n'ai pas décoléré, en quelques courtes semaines, sans tout à fait savoir si mon ressentiment s'exprime contre Alice ou contre moi-même. Je reconnais volontiers que j'ai un léger espoir de voir apparaître sa silhouette sur le pas de la porte chaque fois que celle-ci est poussée par un client, d'autant plus que les vacances scolaires d'été ont commencé. Mais je ne sais pas comment je réagirais. De toute façon, j'imagine qu'elle n'osera jamais revenir ici. J'ai été trop dur avec elle. J'aurais dû au moins l'écouter, essayer de comprendre ce geste (au demeurant incompréhensible).

Pour pallier son absence, je me concentre sur la clientèle. Je me rends compte que chaque personne que je croise possède sa propre histoire, que je m'efforce de ne pas juger. Elle est parfois insipide (bon, d'accord, je juge souvent), parfois inspirante, mais il y a toujours une particularité quelque part. Je constate que j'aime bien les dénicher, les particularités. Je ne vais pas pour autant me transformer en bête de comptoir sociable et affable (il faut que j'apprenne à dompter mon regard fuyant), mais j'apprends à apprécier les rencontres, d'autant que chaque personne qui entre dans la librairie renferme en elle un potentiel infini. Il suffit d'observer. Et de savoir écouter. J'ai passé énormément de temps enfermé dans mon propre univers avec moi-même. Mais il y a aussi de la richesse ailleurs. La lecture de mon carnet d'enfance me fait voir les livres sous un autre angle. Comme si un petit bout de mon ressentiment à leur égard s'était envolé. C'est apaisant. Tout n'est pas pardonné, n'exagérons rien, mais plutôt que de me dire « bon débarras » à chaque ouvrage vendu, je lui souhaite bon vent, à présent. J'espère ainsi éviter de devenir un vieux machin rabougri par l'aigreur. J'aspire juste à être un vieux machin rabougri tout court.

Il n'y a pas si longtemps que ça, dans ma vie d'avant le canapé trop mou, j'ai fait une crise de panique, un soir. Je me suis réveillé au milieu de la nuit, en sueur, avec l'impression fortement désagréable que mon cœur allait se décrocher de ma poitrine à force de battre trop vite. C'est arrivé d'un coup. Rien ne pouvait le calmer. Si c'était à refaire, je passerais mon tour. Comme si mon corps tout entier m'indiquait qu'il avait besoin de changement. J'avais ma petite idée d'où ça venait. Peu de temps après, je faisais mes bagages direction ce village. À l'écoute de mon écureuil intérieur.

Je m'y fais, d'ailleurs, à la vie de village. L'anonymat n'y est qu'une idée abstraite, surtout quand chacun scrute mon panier à la supérette du coin pour mieux se faire un avis sur mon hygiène corporelle, mais il est assez agréable d'être reconnu. Je suis « le libraire ». Ou, plutôt, « monsieur le libraire ». Ils ne sont pas nombreux à m'appeler par mon prénom, en dehors de Robert.

D'ailleurs, c'est curieux, il est presque midi et il n'est toujours pas passé. Je commencerais presque à m'inquiéter. Je sors de derrière le comptoir, m'étire et marche jusqu'à la porte. Je regarde à gauche : rien. De toute façon, il ne se passe jamais rien, à gauche, puisque c'est la route qui mène au village et que je suis, en toute humilité, le premier arrêt d'intérêt. C'est dire. Je regarde à droite. Un pigeon m'aperçoit et poursuit ses activités, à savoir sautiller sur place.

Ah, enfin !

Il avance lentement, les mains dans les poches de son long manteau, les yeux rivés sur le trottoir. Même à cinquante mètres, sa silhouette a l'air contrariée. J'ai failli ne pas la reconnaître, puisqu'elle n'arbore pas la cigarette habituelle qui lui pend à la lèvre. Voilà qui ne ressemble pas à mon Robert.

J'ai un peu honte de l'avouer, mais j'espère secrètement qu'il est en retard parce qu'il m'apporte une part de ce fameux gâteau de riz dont je n'ai pas arrêté de lui parler après notre premier déjeuner ensemble. Je ne m'enthousiasme pas facilement, mais je fais des exceptions pour la nourriture.

— Je ne devrais pas te le dire, m'a un jour avoué Robert alors qu'il m'apportait ma dose, mais elle n'a jamais autant fait de gâteaux de riz de sa vie, ma bonne femme ! Quelque chose me dit qu'elle les fait plus pour toi que pour moi. J'en profite, c'est le principal.

Il a tapoté sur son ventre proéminent et ajouté que c'était pas lui qui allait s'en plaindre, et que, si le riz faisait grossir, ça se saurait.

C'est drôle à quel point les villageois tiennent à m'apporter à manger à la librairie. Je dois dégager un je-ne-sais-quoi de type célibataire incapable de se nourrir convenablement, dont les courses se résument à du taboulé en boîte et des chips. En vérité, j'aime bien cuisiner. Je ne suis objectivement pas doué et j'arrive à rater les recettes les plus élémentaires, mais j'aime essayer. Sauf que ce serait dommage de vendre la mèche : en seulement quelques mois, on m'a offert des chocolats, une fleur en pot (non, ça ne se mange pas), un cassoulet, des lasagnes, encore des chocolats (les traditions de début d'année ont du bon), un gâteau au yaourt, ainsi qu'un potiron et un céleri-rave. Rien ne dit bienvenue dans le village comme un céleri-rave.

— Salut, Robert, lui dis-je, l'accueillant devant la librairie. Tu arrives tard, le café va être froid ! (Je ne sais pas si c'est un cliché, ça, mais je sens que Robert déteint sur moi.)

En temps normal, il aurait souri à ma remarque. Ou au moins renchéri. Mais, au lieu de ça, j'ai eu droit à :

— Salut, Vivian. Non, pas de café après 12 heures, sinon il me reste sur l'estomac. En plus, je dors mal la nuit.

Son ton est monotone ; or, il n'y a pas de place pour la monotonie dans le caractère de Robert. Quelque chose ne va pas. On ne me la fait pas. C'est que je commence à apprendre à analyser finement les comportements humains, moi.

Toujours sur le pas de la porte, il fouille dans sa poche et en sort son paquet de cigarettes, qu'il me tend machinalement, un filtre dépassant légèrement, façon courte paille inversée.

— Euh, non merci.

Je n'ai jamais fumé de ma vie. C'est une activité qui ne m'a jamais intéressé. J'en comprenais la dimension sociale pour s'intégrer dans le groupe des gens cool, au collège puis au lycée, mais ça ne faisait pas partie de mes aspirations. Il faut dire aussi qu'un jour – je devais avoir neuf ans –, tandis que nous marchions dans une rue pavillonnaire adjacente à la nôtre, ma mère m'a montré une maison totalement calcinée. Il n'en restait que les murs.

— Il y avait une famille qui habitait ici, tu sais. Je les croisais de temps en temps quand j'allais prendre du pain. Ils sont tous morts. Même le petit garçon de ton âge.

J'étais dans ma période « les fantômes existent », j'ai failli m'évanouir. Une sacrée conteuse, ma mère.

— Tout cela aurait pu être évité si la mère n'avait pas fumé au lit. Souviens-t'en quand on te proposera ta première cigarette.

— D'accord, maman.

Et je lui avais pris la main, au cas où.

Des années plus tard, quand j'ai de nouveau évoqué cette maison pour en savoir plus sur cette famille, elle n'avait aucune idée de ce dont je parlais. À force de passer ses journées à lire de la fiction, on en vient à ces extrêmes. Pendant des années, j'ai rêvé que le petit garçon venait dans ma chambre pour me brûler l'intérieur des oreilles à l'aide d'une allumette. C'était très spécifique, comme cauchemar. Je me suis aussi toujours arrangé pour ne pas repasser devant cette maison. Autant dire que je n'ai jamais songé à toucher à une cigarette. Il faut reconnaître une certaine vertu à la créativité éducative de ma mère.

Robert, lui, n'a jamais entendu cette histoire de famille envolée en fumée. Le voilà qui allume sa cigarette (je décide de garder ma remarque sur le tabagisme passif pour une autre fois) entre deux quintes de toux.

— Je reviens de chez le médecin. Pour Marie-Anne.

Il n'appelle jamais sa femme par son prénom. Quand il se réfère à elle, c'est toujours « ma bonne femme » ou « ma petite femme ». En tout cas, les nouvelles sont préoccupantes. Jamais je ne me serais douté qu'elle était malade.

— Personne ne sait encore ce qu'elle a précisément, ajoute-t-il, mais ce n'est pas normal. Elle est pas du genre à se plaindre, ma bonne femme.

— Robert, je...

— Te bile pas, c'est sûrement trois fois rien, me coupe-t-il. Il faut juste aller faire quelques examens en ville. Ce qui ne nous tue pas nous rend plus forts, hein, ils disent bien ça dans tes livres ?

— Oui, enfin, c'est-à-dire que…

— Bon, tu paies l'apéro ? J'en ai bien besoin.

Je n'ai pas de quoi payer l'apéro à la librairie. Il peut m'arriver, à de rares occasions, de boire un verre de quelque chose de fermenté, mais la désinhibition induite n'est pas mon sport préféré. Je ne suis pas exactement le fils de la nuit de la désinvolture. Pourtant, ma mère ne m'a curieusement pas raconté d'histoire traumatisante au sujet de l'alcool. L'explication vient d'ailleurs. Même si je n'étais pas rejeté par mes camarades de classe et mes congénères adolescents, on ne peut pas dire non plus que j'étais particulièrement intégré. « Ignoré » serait plus juste. Ainsi, en tant que personne ignorée, j'étais rarement invité à des fêtes. Ce qui aide à ne pas succomber aux tentations. Il paraît qu'aucun homme n'est une île. On tenait au moins à deux, sur la mienne.

Ce que je peux faire, en revanche, c'est inviter Robert à déjeuner, pour lui ménager une petite parenthèse, de celles qui font accélérer le temps lorsqu'il semble soudain figé. Une parenthèse qui me fera du bien à moi aussi. Il a un restaurant préféré dans le village, justement. Bon, d'accord, c'est le seul et, comme me l'avait dit la boulangère lors de mon premier jour, il n'est ouvert que pour le déjeuner. Mais il propose un buffet à volonté. Et dès qu'il pénètre dans l'établissement, l'ensemble des habitués crie « Robert ! » à l'unisson. Ce village est une grande affaire d'habitués.

— On va à la Taverne d'Ali Baba ? J'ai faim, justement. Je t'invite.

J'admets avoir souri la première fois que j'ai vu le nom du restaurant. D'ordinaire, ce genre de jeu de mots m'aurait fait lever les yeux au ciel. Décidément, Robert a une très mauvaise influence sur moi.

— Mais c'est pas l'heure de fermer, mon gars.

— Je vais mettre un mot sur la porte.

Certaines choses peuvent attendre.

18.

Je constate de manière empirique qu'il fait ici beaucoup plus chaud en été qu'en hiver. C'est insupportable. J'ai beau porter le minimum (pas le strict minimum, disons le minimum légal, à savoir une chemise à manches courtes et un short), j'étouffe. J'ai même installé un ventilateur en face du comptoir, dont les rotations ont l'air de me dire non en permanence (mais je ne leur en tiens pas rigueur). En tout cas, le livre semble être un excellent isolant.

J'aime bien mettre de la musique dans la librairie. Ça participe à l'ambiance. Le volume reste assez bas pour ne pas être gênant, mais suffisamment audible pour donner envie de tapoter du pied en rythme. Voire plus si affinités du popotin. J'entends par là que, parfois, je me surprends à me dandiner un peu sur mon tabouret, selon une chorégraphie bien rodée qui consiste à contracter la fesse droite, puis la fesse gauche. Comme ce matin il n'y a personne, je joins l'utile à l'agréable et décide de passer un coup de balai tout en montant le son de la voix de Stevie Wonder.

Bien entendu, ce qui devait arriver finit par arriver (c'est ancré dans le génome de l'humanité) : je m'empare dudit balai, qui me sert alors de micro, et commence à chanter, avec la grâce d'un dahu blessé. S'il existait un concours d'antirythme, je le remporterais haut la main. Pour autant, je me laisse aller, je me laisse porter, je secoue tout ce qu'il y a à secouer, je saute, je glisse, et ma voix enchaîne allègrement les fausses notes. Heureusement qu'il n'y a pas de témoins, ce serait embarrassant (je me moque de ce qu'on pense de moi, mais j'ai des limites). Je me donne à fond, notamment sur la transpiration.

Après un demi-tour en l'air dont je ne suis pas peu fier, des applaudissements m'arrêtent net.

Trois paires d'yeux amusés me fixent de l'autre côté de la vitrine.

Je reconnais Sylvie. Sylvie, c'est celle qui a remporté son pari, au début de mon installation ici. En voyant les cartons de livres, elle a tout de suite su que j'ouvrais une librairie. Les autres participants au pari étaient sceptiques. Je ne sais pas trop ce que ça dit d'eux. Elle vient de temps en temps me saluer et m'apporter une salade de son jardin, ne manquant jamais de me faire remarquer qu'au moins, sur ses salades, il n'y a pas de morsures de limace, contrairement à celles de Monique. Je ne savais même pas que ça pouvait mordre, une limace, mais soit, il faut bien qu'elles se nourrissent, elles aussi. En tout cas, elle est aussi attentive à l'état de ses salades (et de celles de ses voisines) qu'à la couche de poussière dans la librairie.

D'ailleurs, Monique l'accompagne, ce matin. Monique, c'est celle qu'on va voir quand on a un travail de couture à faire faire. Je ne la croise pas très souvent parce qu'elle sort assez peu de chez elle. Si elle sortait plus, elle s'occuperait mieux des salades de son jardin, m'a fait remarquer Sylvie un jour. Je la crois sur parole et j'évite de me mêler des querelles amicales. Je sais qu'elles peuvent déraper.

La dernière personne du trio, c'est la première fois que je la vois. C'est une femme âgée, un peu courbée, ce qui la rend encore plus petite qu'elle ne l'est déjà, munie d'un cabas rose à roulettes.

Elles entrent, toujours en applaudissant allègrement (sauf la troisième, parce qu'il faut choisir entre applaudir et traîner son cabas).

— Vous avez raté votre vocation, me dit Sylvie. C'était un très beau spectacle.

Le pire, c'est que je pense qu'elle est sincère. Elle me fait un peu de rentre-dedans. La dernière fois, elle a affirmé qu'elle ferait bien de moi son quatre-heures. Cela dit, je n'ai pas d'inquiétude à avoir (ni mon mot à dire) : apparemment, je suis trop jeune pour elle, et elle ne supporterait pas d'être au centre des commérages. Effectivement, ici, l'anonymat n'existe pas, contrairement aux grandes villes, où chacun garde ses salades, avec ou sans limaces, pour lui-même.

Sur ce coup-là, je suis assez embarrassé. C'est une chose de sauter n'importe comment quand on est seul, c'en est une autre d'avoir un public. Ce qui ne va pas m'empêcher de faire comme si de rien n'était et retourner derrière mon comptoir après avoir délicatement reposé mon balai-micro. Avec un peu de chance, elles ont apporté une tarte.

— Que puis-je faire pour vous, mesdames ?

— C'est pour la tombola, me répond Monique, allant droit au but.

— La tombola ?

— La tombola du village, le 14 juillet, intervient Sylvie, prenant la relève. Vous êtes au courant, tout de même, pour la fête du village ?

Super pas. Enfin, si, j'ai vu des affiches jaunes un peu partout. Il faut croire que je ne les ai pas lues. Pourtant, il paraît que, lorsque le cerveau voit des mots, il ne peut pas s'empêcher de les lire, c'est un réflexe. Le mien a donc explicitement décidé de faire l'impasse sur ces affiches. Ainsi que sur la tombola.

— Euh...

— Enfin, vous avez même une affiche sur votre vitrine ! Vous ne la voyez pas quand vous ouvrez ?

Ah oui. Curieux. À ma décharge, l'affiche a été collée sur la gauche, assez loin de mon champ de vision. Mais elle marque un point, Sylvie.

— Est-ce que vous auriez des lots à nous offrir ? Pour la tombola ? me demande la dame au cabas, qui soudain prend tout son sens (le cabas, pas la dame, qui, elle, reste un mystère pour l'instant).

— Oh, je ne sais pas, qu'est-ce que vous aviez en tête ? Qu'est-ce qu'ils donnent, en général, les commerçants ?

— Dans votre cas, me répond Sylvie avec le calme de quelqu'un qui se dit que ce n'est pas gagné, mais qu'allez, il n'est pas méchant, juste un peu limité, nous pensions peut-être à quelques livres. Puisque vous tenez une librairie.

— Désolé, je ne peux pas sortir du stock comme ça. Ordre du gouvernement. J'espère que vous comprenez.

En réalité, j'imagine que je peux parfaitement le faire. Il doit bien exister des règles pour ça. Mais je ne peux pas donner certains livres au hasard, sous prétexte que quelqu'un aurait tiré le bon numéro. Chaque livre se mérite. Ordre de moi-même. Quoique j'aime bien la poésie inhérente à la notion de hasard. Enfin, dans le doute, va pour l'argument du gouvernement. Je me demande ce qu'il ferait si je donnais un livre sans le déclarer officiellement. Il y a encore énormément de subtilités que j'ignore dans ce métier. Je ne comprends même pas qu'on m'ait laissé ouvrir cette librairie. Les gens au pouvoir sont inconscients.

Je ne peux cependant pas me permettre de les laisser repartir bredouilles. Pas après le spectacle dont elles ont été témoins. Elles me tiennent, et elles le savent.

— Attendez, je vais voir ce que je peux vous trouver !

Bon, autour de la caisse, je ne vois rien dont je pourrais me débarrasser. (Je peux difficilement leur donner des pièces de monnaie : « Tenez, vous vous achèterez quelque chose de joli à mettre sous le sapin de la tombola. »)

Heureusement, on peut toujours compter sur la réserve, ressource inépuisable de trésors où je trouve entre autres :

Un rouleau de ruban adhésif.

Des gommettes de six couleurs différentes. (La gommette est l'accessoire obligatoire dans le commerce. Il permet de cacher les prix. C'est tout un art de choisir la bonne couleur en fonction de la couverture du livre. Art que je maîtrise à peu près autant que l'*air balai*.)

Une tasse de café (vide, hein) qui était déjà là avant mon arrivée.

Un bref instant, je regarde ma brosse à dents, me demande si… Puis me ravise.

Quand je glisse ces objets à peine dignes d'un vide-greniers dans le cabas vide, la déception se lit dans leurs regards. J'imagine que ces dames misaient sur moi pour leur offrir un lot de qualité (un livre, mine de rien, ça vous pose une tombola). Hélas, il va falloir faire avec, ou plutôt sans.

Le silence se fait un peu pesant.

— Est-ce que je peux faire autre chose pour vous ?

— Non, non, ça ira, merci de votre générosité, me répond Sylvie. Vous avez une carte de visite du magasin, qu'on en profite pour faire votre réclame lors de la distribution des lots ?

Je n'ai jamais pensé à faire une carte pour la librairie. Enfin, si, mais je n'en voyais pas l'intérêt. Mettre « libraire » sur une carte de visite aurait poussé le bouchon un peu loin, compte tenu de mes compétences. Pourquoi pas astrophysicien ou psychologue canin, quitte à y aller franchement ? J'ai tout de même envisagé de faire imprimer des flyers pour les distribuer aux alentours, les déposer dans les boutiques, établir un premier contact. Puis j'y ai renoncé. En me disant que le bouche-à-oreille suffirait. Parfois, j'ai une si haute estime de moi-même qu'elle fait fi des réalités de notre monde. Sans parler de la paresse.

— C'est pas grave, ajoute Monique, nous dirons que ça vient d'un donateur anonyme.

Voilà, faisons ça.

— Vous en voulez, des billets de tombola ?

Ça, c'est la dame au cabas, très investie, assez peu soucieuse des transitions.

J'en prends un, parce que sait-on jamais. Et puis j'aimerais bien gagner en retour mon rouleau de ruban adhésif, il ne m'en reste plus beaucoup.

Au moment de franchir la porte, Sylvie se retourne avec un grand sourire :

— C'est une tradition, cette fête. Tout le monde sera là. Il y aura même un bal dansant. Venez ! Vous n'allez pas manquer l'occasion de nous montrer vos talents, ajoute-t-elle avec un clin d'œil.

Je ne sais pas si le monde en général et le village en particulier sont prêts pour ça.

19.

Toute cette histoire m'est déjà un peu sortie de la tête quand Robert fait son entrée quotidienne pour son café tout aussi quotidien, quelques jours plus tard. Quelque chose chez lui a changé, mais je n'arrive pas à mettre le doigt dessus.

— Salut, Robert, je te sers un petit noir ?

— Volontiers ! Je viens de m'enquiller une andouillette, j'ai besoin de me rincer la bouche.

Mystère résolu. Robert porte en général un parfum bien à lui. Un singulier mélange d'odeurs corporelles naturelles et d'eau de Cologne fleurie destinée à les cacher. Ce qui permet, même à une certaine distance, de savoir qu'il est dans les parages. Aujourd'hui, son odeur a changé... Fragrance d'andouillette, donc. Il devrait songer à la faire breveter.

Alors que je lui apporte sa tasse, il me demande pourquoi je travaille un jour férié. D'autant plus que c'est la fête dehors, avec un sacré buffet (chacun ses obsessions). La librairie est ouverte cinq jours et demi par semaine, ce qui est déjà pas mal. C'est vrai, après tout, pourquoi ne pas m'octroyer un peu de repos aujourd'hui ? Comme je n'ai pas entendu de gens tambouriner de rage devant la porte fermée, a priori je ne manquerais à personne.

Sauf qu'« aujourd'hui » est un samedi, à savoir la journée la plus chargée de la semaine, celle où je vends le plus de livres. Ce n'est même pas le chiffre d'affaires, qui importe. Côté revenus, je suis couvert. J'ai assez de côté pour tenir encore quelques mois. Mais mon projet, une fois de plus, implique d'écouler tous ces livres. Ce serait une erreur d'être fermé un samedi, même un 14 juillet.

— Tu sais, moi, l'odeur de viande grillée dès le matin... et quelle fête, au juste ?

Il me fait un signe du bras m'enjoignant de le suivre dehors, sa tasse de café dans la main. La chaleur me frappe de plein fouet (mon ventilateur est finalement assez efficace, je ne savais pas que la journée était si torride) et mes yeux mettent un instant à s'habituer à la luminosité.

— Tiens, regarde !

Il me montre le bout de la rue, qui donne sur la place du village, où chacun s'affaire. Ils ont l'air, en tout cas. J'aperçois un grand chapiteau entouré de guirlandes, quelques stands entre les arbres et des bancs qui sont en train d'être installés. Ce qui est sûr, c'est qu'il fait un temps magnifique. Un temps à jouer au chamboule-tout (j'espère qu'il y a un chamboule-tout, sinon à quoi bon faire la fête ?).

— Tu ne verras personne aujourd'hui, mon gars. La fête du village, c'est sacré ici. Même la route est coupée en bas de la côte pour que le centre reste piéton.

Je ne voudrais pas qu'une horde de villageois en colère, armés de fourches et de torches, vienne mettre le feu à ma boutique. Alors j'accepte. Je peux bien fermer la librairie pendant une journée, même un samedi. La Terre ne s'arrêtera pas de tourner. Enfin, j'espère. Ce serait une lourde responsabilité à porter. Allez, je suis prêt à en prendre le risque. Tant pis pour la Terre.

J'éteins tout, ventilateur compris, je ferme à clé et je suis Robert jusqu'à la place du village, où il m'abandonne pour aller rejoindre ses partenaires de taverne un peu plus loin. J'ai été pris par l'enthousiasme débridé de mon camarade de café, et à présent me voilà un peu badaud, sans trop savoir quoi faire de moi. Mes qualités de sociabilisation, quoiqu'en net progrès, demeurent limitées. Qui plus est – je n'insisterai jamais suffisamment là-dessus –, il est bien trop tôt pour toute forme de viande cuite au barbecue. Alors, je m'installe sur un des bancs. Avec méfiance. Je sais qu'ils peuvent être fourbes. Plutôt à un bout, pour ne pas donner l'impression que je me le garde juste pour moi, et pour laisser penser que j'attends peut-être du monde. Je suis très peu sorti, en six mois passés ici. Une grenadine pour lire un magazine au bistrot de temps en temps (ce n'est pas une boisson excessivement impressionnante lorsqu'on la commande, mais c'est délicieux), un tour cher Ali le midi, quand je suis d'humeur aventurière, et beaucoup de marches en forêt dans les alentours pour prendre l'air. Quasiment toujours seul. Robert m'accompagne pour ma grenadine parfois, même s'il se sent obligé de faire une remarque au tenancier et à ses amis présents pour signifier qu'il n'approuve que modérément mon choix modéré. On ne peut pas dire que je recherche la chaleur humaine à tous les virages de la vie. J'aime ma solitude, j'aime mon monde intérieur, et le tumulte extérieur m'ennuie. Ou m'effraie. Il peut paraître paradoxal que je me lance dans le commerce, mais j'aime aussi sauter dans les flaques d'eau à pieds joints. C'est bien, parfois, quand ça éclabousse.

Seul sur mon banc, j'ai tout le loisir d'observer l'agitation autour de moi. De transpirer aussi. C'est incroyable à quel point il fait chaud. Bon sang, mais pourquoi je suis planté là, à cramer, sans même une casquette pour me protéger, inconscient que je suis. Autant y retourner, à la librairie, cette escapade n'était pas une bonne idée, de toute façon. Qu'est-ce que je vais faire, toute la journée ? Rester assis ici à regarder les nuages ? Et il est où, le stand de chamboule-tout ? Personne ne remarquera que je suis absent, personne ne se vexera, et ça fera plus d'andouillettes pour les autres. Allez, Vivian, rebrousse chemin (je me parle souvent directement lorsque je cherche à me convaincre).

— Je peux m'asseoir ?

Celle qui me pose cette question est une jeune femme avec une poussette, dans laquelle se trouve un bébé. Autant je suis doué pour deviner l'âge des enfants et des adultes, autant pour les bébés, je suis toujours à côté de la plaque. Celui-ci pourrait aussi bien avoir trois semaines que trois ans. Le bébé dort. À moins qu'il ne fasse semblant pour ne pas avoir à rencontrer du monde. Il est trop tard, de mon côté, pour user de cette tactique.

— Bien sûr, je vous en prie.

La jeune femme pose son sac sur le banc à côté de moi et en sort un brumisateur pour rafraîchir le visage de son enfant.

— Vous en voulez ?

J'imagine, enfin j'espère, qu'elle parle de l'eau, et non du bébé. Dans un cas, pourquoi pas, dans l'autre, sans façon.

— Volontiers, merci.

Je n'ai pas l'impression qu'elle s'attendait à ce que j'accepte. Je dois avoir l'air d'un cheval indomptable assis sur un banc. Le genre qui préfère mourir de soif plutôt que d'accepter l'aide de qui que ce soit. Des chevaux qui se sont élevés seuls et savent déjà qu'ils mourront seuls. Moi non, de ce côté-là, ça va. Si on me propose à boire alors que j'ai soif, j'accepte. Si j'ai la possibilité d'être rafraîchi par ce temps, aussi. C'est la première fois que je rencontre un brumisateur, dont je découvre tous les bienfaits. Il se trouve que c'est très agréable. Je dois impérativement m'en procurer un. Voilà une journée qui n'est pas tout à fait perdue. J'espère que mon ventilateur ne sera pas jaloux. Il me dira que non, de toute façon, si je le lui demande.

— C'est vous qui tenez la librairie au bout de la rue, non ?

Comme je le disais, je sors peu. Je suis donc surpris qu'on puisse me reconnaître. Surtout hors de mon contexte et de derrière mon comptoir. Bien sûr, une bonne partie du village sait qu'un commerce a ouvert tout là-bas, mais je ne pense pas que ma photo ait été distribuée dans les boîtes aux lettres. Si c'est le cas, j'espère qu'ils en ont choisi une qui me mette en valeur. Je n'ai jamais aimé qu'on me prenne en photo. Il est même possible qu'il n'en existe pas une seule de moi depuis l'adolescence. Ou alors au second ou troisième plan, par inadvertance. Ma mère a tout de même toujours eu une photo d'elle et moi, sur sa table de chevet. Prise dans un parc d'attractions. Sur cette photo, je mange une glace en la regardant, et elle arbore un sourire absolument magnifique. Il faut dire que, comme j'étais trop petit pour pouvoir faire la plupart des manèges et que ma mère adorait les montagnes russes, je pouvais avoir toutes les glaces que je voulais, en échange de quoi je l'attendais sagement pendant qu'elle essayait les attractions à émotions fortes. C'était un très bon deal. Qui me rendait malade sur le trajet du retour, bien évidemment. Mais ça valait le coup. Je suis heureux que cette photo existe.

— Oui, c'est moi. Vous vous êtes déjà arrêtée à la librairie ?

— Je suis passée l'autre jour devant votre vitrine.

Il faut absolument que je me fasse une note mentale pour mémoriser le fait que l'on me voit très bien de l'extérieur. Un peu comme un automobiliste qu'on observe dans son rétroviseur. J'espère que je ne me curais pas le nez. En tout cas, j'ai arrêté de danser pendant les heures d'ouverture.

— Mais, poursuit-elle, mon mari est venu vous voir pour me trouver un cadeau. J'avais besoin d'une lecture facile, le genre qui s'avale entre deux nuits trop courtes. Si vous voyez ce que je veux dire.

Elle désigne le bébé d'un signe de la tête, en riant, d'un rire empreint à la fois d'amour et de fatigue. Quelque chose de nerveux et sincère.

— C'était parfait, comme choix, merci beaucoup ! Je n'arrivais à en lire que quelques pages à la fois, moi qui suis généralement une dévoreuse de livres, mais j'en avais presque oublié ce que c'était que d'être happée par une histoire et de vouloir y retourner dès que possible. Même pour quelques minutes. Voilà, je tenais à vous en remercier. Vous êtes bien tombé d'ailleurs, j'en ai lu plein, des livres de Nothomb, mais, celui-ci, je ne le connaissais pas.

Je me souviens évidemment de son mari.

Il semblait épuisé, quand il est entré. Hirsute, mal rasé, l'air gentil. Il semblait manquer de sommeil depuis des jours et marchait en traînant des pieds, comme s'il n'avait pas la force de les soulever, ne serait-ce que de quelques millimètres.

— Je peux vous renseigner ? lui avais-je demandé.

Le pauvre avait sursauté, presque surpris d'entendre ma voix.

— Oui, bonjour, excusez-moi, voilà, j'ai besoin d'un livre pour ma femme. Elle m'a fait une petite liste au cas où.

Il avait commencé à fouiller dans ses poches, l'une après l'autre, en vain. C'était incroyable à quel point il en avait, sur lui, des poches. Les poches du pantalon étaient vides, ainsi que celles de sa chemise, de sa veste, et il a eu tout aussi peu de succès avec les innombrables poches intérieures et extérieures de son manteau.

— Zut, j'ai dû l'oublier à la maison. C'est un peu compliqué depuis l'arrivée du bébé.

— J'imagine.

Je n'imaginais pas grand-chose en réalité. Mais je me souvenais que, quand Adeline, une ancienne collègue, était revenue de son congé maternité, elle répétait souvent qu'on ne pouvait pas imaginer l'état de fatigue des parents qui doivent se lever trois ou quatre fois par nuit pour nourrir leur enfant. « C'est une torture », avait-elle ajouté, au bord des larmes. Il m'était arrivé de devoir garder le chat de ma voisine pendant quelques jours. (Je n'avais pas su trouver d'excuse lorsqu'elle m'avait demandé cette faveur. Erreur de débutant. Il faut toujours avoir sur soi un petit stock d'excuses prêtes à être dégainées. J'avais très mal joué.) Ce chat était un psychopathe. Il passait ses nuits à me fixer de ses gros yeux jaunes tandis que j'essayais de dormir. Dès que j'y parvenais, il s'empressait de venir me piétiner la tête. Si j'avais le malheur de fermer la porte de ma chambre, il se mettait à gratter et miauler jusqu'à ce que j'abdique. J'ai très peu dormi, à cette époque. Je pense avoir perdu quelques années de vie à cause de ce chat. Donc oui, allez, finalement, je pouvais imaginer. Un peu.

Le jeune père avait commencé à regarder les livres, cherchant ce qui pourrait plaire à sa femme.

— Par contre, je n'ai que des romans, ici, il n'y a pas de guide pour élever son enfant, par exemple, m'étais-je senti obligé de préciser, pour l'aider dans sa quête.

— Pour éduquer.

— Non plus.

— Non, mais on dit « éduquer ». Pas « élever ». On élève des poules. On éduque son enfant. C'est important. C'est un truc que disait ma mère.

Il n'avait pas du tout dit ça de façon agressive, et j'avais été loin de mal le prendre. Mais j'aimais bien, moi, le mot « élever ». Avec sa notion de tirer vers le haut.

— En tout cas, si c'est ce genre de livre que vous cherchez, je crains que vous ne trouviez pas votre bonheur.

Mais il avait déjà un livre dans la main et s'était dirigé vers le comptoir pour le régler.

— C'est une autrice qu'elle aime bien, Amélie Nothomb, je suis sûr que ça lui plaira. Enfin, il me semble qu'elle l'aime bien. Je confonds peut-être. Au pire, je peux le rapporter ?

J'avais répondu « bien sûr », j'avais répondu « bon courage ». Ça se fait, de souhaiter bon courage au père d'un nouveau-né ? Je doutais que lui se disait qu'il lui en fallait, du courage. Il était forcément mû par une force venue d'ailleurs, du tréfonds de ses entrailles et de son ADN. Il était programmé pour s'occuper de cet enfant. Il en avait à revendre, du courage.

— Merci, avait-il répondu en traînant les pieds, et j'aurais juré qu'il aurait pu s'endormir sur place. J'en ai bien besoin, en ce moment.

Je l'avais regardé sortir de la librairie. Enfin, je l'avais regardé tenter de sortir de la librairie, le temps qu'il comprenne qu'il fallait tirer la porte et non la pousser.

— Oh, vous savez, c'est à votre mari qu'en revient tout le mérite. C'est lui qui a choisi le livre en pensant qu'il vous plairait.

— Ah bon ? Comme il avait oublié la liste que je lui avais faite, j'ai cru que vous l'aviez conseillé !

Il est finalement assez rare que l'on me fasse des retours de lecture. Déjà parce que les gens qui achètent des livres le font souvent pour les offrir à d'autres, si bien que je ne croise pas nécessairement ceux à qui ils sont destinés. Mais aussi peut-être parce qu'il existe une forme de pudeur ou de désir de garder ses sensations rien que pour soi. À moins que ce ne soit mon attitude un peu sur la défensive, qui retient les clients de lancer un club de lecture dont je serais la pierre angulaire. Je fais un peu illusion grâce aux carnets, mais j'imagine que les gens ne sont pas dupes et qu'ils sentent bien que la passion n'est pas vraiment au rendez-vous. Personne jusque-là ne m'a dit que j'étais passionné et que ça se voyait. Je n'aurais jamais imaginé un jour que ça me manquerait, d'entendre les lecteurs me parler de leurs découvertes. À force de rester enfermé dans mon échoppe, j'en oublie que les livres ont une vie qui se poursuit après. D'ailleurs, en regardant autour de moi, je constate que la vie se poursuit tout court en dehors des quatre murs de la librairie. La Terre ne s'est pas arrêtée de tourner.

Au contraire, elle a accéléré sa rotation. Ces quelques heures ont passé en un claquement de doigts. Il a simplement fallu que je trouve un rythme de croisière. Je suis resté un long moment sur mon banc, un verre à la main, à observer la joie s'égrener autour de moi, pataugeant dans ce jour de fête. Certains venaient me voir et me saluer (j'ai pu constater que je connaissais bien plus de monde que je ne le croyais), tandis que j'engageais la conversation avec d'autres, tel un pilier de comptoir, le soir venu, comblant sa solitude au bord du zinc. Un banc en plein cagnard sous un parasol géant, ça fait tout aussi bien l'affaire. J'ai même vu mon client mystère du mercredi 11 heures. Je sais à présent qu'il existe aussi le samedi.

C'était une belle journée. Comme je n'en avais pas vécu depuis longtemps, à vrai dire. J'ai mis des prénoms sur des visages. Et pris des couleurs (je serai fixé plus tard sur leur teinte définitive). Il a son charme, le monde extérieur.

C'est pas tout ça, mais il est temps pour moi de rentrer. La tombola est terminée (je n'ai rien gagné, d'ailleurs je jurerais ne pas avoir vu passer les lots que j'ai offerts, ce qui est de bonne guerre) et les bénévoles du village sont en train d'installer les tables pour un dîner auquel je ne me suis pas inscrit. Quand je me suis renseigné pour savoir auprès de qui je pouvais payer ma place, on m'a répondu que tout était complet, désolé, vous savez, c'est l'événement ici, cette fête, il faut réserver longtemps à l'avance. J'avais bien reçu le coupon-réponse, en plus, mais c'était au mois de février. Tant pis.

Je croise Robert sur mon passage, à qui je souhaite une bonne soirée.

— Mais tu vas où comme ça ?

De toute évidence, Robert a lui aussi passé une bonne journée. Son teint est un peu plus cramoisi que d'habitude. Mettons ça sur le compte du soleil.

— Je rentre. Il n'y a plus de place pour le dîner. Comme un imbécile, j'ai oublié de m'inscrire. Mais merci, c'était chouette comme tout.

— Attends. Reste ici. Bouge pas.

Le message étant sans équivoque, je m'exécute. Je le vois un peu plus loin, allant discuter avec Ali (le patron de ladite Taverne, aussi organisateur de fête de village à ses heures) et me pointant du doigt. Je n'ai rien fait de mal, a priori, donc je ne pense pas qu'il soit en train de me dénoncer, mais je suis curieux de connaître la teneur de cette discussion. Robert part en serrant la main de son ami et revient vers moi d'un pas à peu près assuré.

— C'est bon, c'est réglé.

— Qu'est-ce qui est réglé ?

— Je t'ai trouvé une place, pardi ! Tu te mettras entre Marie-Anne et moi. Viens, je vais te montrer.

Il m'emmène un peu plus loin, où une dizaine de personnes sont attablées les unes à côté des autres. Une grande bâche transparente fait office de toile cirée. Je trouve ça étrangement élégant. Et particulièrement pratique. La conversation est animée et couvre la musique, mais elle se calme dès que Robert prend la parole, son bras autour de mon épaule.

— Pour ceux qui ne le connaissent pas encore, je vous présente Vivian. Un invité de dernière minute. On va se serrer un peu pour lui faire une place.

Ils se lèvent immédiatement dans un grand élan de solidarité pour décaler de quelques centimètres chaque couvert afin que je puisse m'asseoir entre Robert et Marie-Anne. Cette dernière m'accueille avec un grand sourire malgré la fatigue liée à sa maladie. Robert n'a pas voulu entrer dans les détails, mais j'ai compris que c'était sérieux. Il y a un moment que je ne suis pas allé manger chez eux, ça me fait plaisir de la voir. Je suis soudain submergé par l'émotion, par cette sensation d'appartenance. Ça paraît peu, quelques centimètres, mais c'est la distance qui me permet de me sentir chez moi. Pas un pour dire que c'est de la triche. Pas un pour demander pourquoi on me ferait une faveur, à moi. Pas un pour se demander s'il y aura assez de dessert pour tout le monde par ma faute (j'espère qu'il y en aura assez, moi). À quelques tables de là, la femme à la poussette (qui s'appelle Rebecca) croise mon regard et lève son verre dans ma direction, comme pour trinquer de loin. Elle est assise à côté de son mari (Loïc), qui me fait un léger signe de la main. Il semble avoir repris un peu du poil de la bête. Il a l'œil plus vif, en tout cas.

— Vous êtes un ami de Loïc et Rebecca ? me demande ma voisine d'en face, comme si nous étions à un mariage et qu'elle souhaitait savoir si j'étais un ami du marié ou de la mariée.

C'est marrant comme les noms de certains couples ont un ordre bien précis selon leur sonorité et comme ils sont souvent prononcés d'une traite. Il faut croire que LoïcetRebecca, c'est plus fluide que RebeccaetLoïc. C'est pour ce genre de réflexion que les gens sont contents de m'avoir à leur table et d'avoir sacrifié quelques centimètres.

— Non, pas du tout. Enfin, je ne doute pas qu'ils sont formidables, mais j'ai rencontré Rebecca ce matin, et son mari est venu à la boutique il y a quelques semaines.

— Oh, vous tenez une boutique ? Que vendez-vous ? C'est important, le petit commerce.

— J'ai ouvert une librairie il y a quelques mois.

— Ah, c'est vous ! Fiona, viens voir, c'est le monsieur aux livres !

Elle interpelle la fameuse Fiona, tranquillement assise à quelques mètres de nous, qui vient nous rejoindre.

— Regarde, reprend ma voisine d'en face, c'est lui dont tu me parlais l'autre jour.

Je ne suis pas habitué à être au centre des discussions. Ni à ce qu'on parle de moi à la troisième personne alors que je suis en face. Littéralement. Fiona a dû déceler mon embarras puisqu'elle ajoute immédiatement :

— N'ayez pas peur, je disais juste qu'il faudrait que je vienne vous voir ! Vous vendez des romans ?

— Tout à fait.

Elle demande à son amie de se décaler encore un peu pour pouvoir s'asseoir à son tour en face de moi. Le moment serait peut-être bien choisi pour que je les mette en garde contre les risques d'une trop forte concentration humaine sur une surface donnée, en leur racontant mon anecdote de la photo de classe. Mais chaque chose en son temps. Je me demande qui c'est, la directrice du village, et s'il y a une chance pour que je sois convoqué dans son bureau.

— Je cherche un roman.

— Vous avez un titre en tête ?

— Surtout pas, je veux être surprise !

Ouf. Même si je commence à m'intéresser d'un peu plus près aux livres que je vends (j'entends par là qu'il m'arrive d'en lire les titres sur les étagères, pour m'occuper, mais aussi pour les mémoriser dans le cas de demandes comme celle-ci), je ne fais pas illusion bien longtemps. Or, moi, ce soir, j'aimerais bien faire illusion.

— Eh bien, passez à la librairie, je suis sûr que nous trouverons votre bonheur.

— Exactement ! Le bonheur !

Cette femme est particulièrement enthousiaste. C'en est contagieux. Il faut dire que l'ambiance s'y prête. D'ailleurs, quelqu'un quelque part vient de lancer la sono pour mettre une atmosphère musicale de guinguette. Il ne me viendrait pas à l'idée d'écouter ça chez moi, mais, ici, c'est on ne peut plus approprié.

— Tenez, vous entendez la musique ? ajoute Fiona en parlant plus fort. Quand vous tomberez de nouveau dessus dans quelques semaines, quelques mois, quelques années, vous repenserez immédiatement à aujourd'hui et à la fête du village. C'est inévitable.

C'est vrai de beaucoup de choses en lien avec les sens. Ce n'est pas pour rien que je mange encore les céréales de mon enfance, alors que je suis adulte (et un adulte qui digère très mal le lait). Mais il vaut le coup, ce petit shot de nostalgie.

— Voilà pourquoi j'ai besoin de vous.

— Pour jouer de la musique ?

Je dois pouvoir encore jouer « Au clair de la lune » à la flûte. Il faudrait que j'essaie. Je m'étais beaucoup entraîné, au collège. Ma mère m'avait bien fait comprendre que je ne passais pas non plus le concours du conservatoire, que ça ferait très bien l'affaire, et que si je continuais à l'empêcher de lire, elle m'enfermerait dehors. Une nouvelle vocation brisée par le besoin de calme d'un parent égoïste. Bon, je dis ça, mais j'ai eu un voisin qui jouait de la flûte traversière. Il était clairement débutant. Expert en fausses notes. Et très persévérant. C'était difficilement tolérable. La bonne nouvelle, c'est qu'il ne s'est jamais amélioré et qu'il a abandonné après quelques semaines infructueuses. Pas de conservatoire pour lui non plus.

— Mais non, idiot !

Les insultes amusées sont toujours bon signe. Je pense que je me suis intégré.

— Les livres m'ont toujours accompagnée dans les moments importants. C'est la fameuse bande-son de ma vie, mais avec des livres !

La bande écrite, ça rend tout de suite moins bien, c'est sûr.

Elle ajoute qu'elle n'est pas entrée dans une librairie depuis une éternité, faute de temps (et de librairies dans le coin), que ça lui manque, et qu'elle sent qu'elle est à un tournant de sa vie. Elle n'est plus heureuse dans son travail et se renseigne sur une reconversion. Elle compte sur moi (pas pour le tournant, mais pour lui trouver le roman parfait qui intégrera sa playlist).

— Vous avez de la chance. On sent que vous êtes passionné.

Ah ? Je n'ai pourtant presque rien dit. Mais va pour la passion. Je n'ose pas la contredire, de peur de briser l'image qu'elle se fait de mes motivations. Rappelons qu'elle compte sur moi.

— J'ai toujours rêvé d'ouvrir une librairie-salon de thé, poursuit-elle. Peut-être un jour… En tout cas, dès que je trouverai le temps, je passerai vous voir !

Puis elle se lève et repart, libérant un espace physique salutaire à l'équilibre de l'écosystème, en particulier celui de Monique, en bout de rangée, dont la fesse de droite luttait avec le vide depuis tout à l'heure. De mon côté, je me demande bien qui pourrait vouloir servir du thé tout en conseillant des livres. C'est un exercice qui me paraît périlleux. Mais chacun ses rêves de bande-son de la vie. Il existe probablement de nombreux métiers dont j'ignore totalement l'existence.

La soirée s'est poursuivie sur la même note, si j'ose dire. J'ai de toute évidence fait l'objet de nombreuses conversations derrière mon dos, ces six derniers mois, et beaucoup de personnes attablées savaient qui j'étais. L'inverse n'étant pas nécessairement vrai. C'est assez encourageant, d'ailleurs, parce que ça signifie qu'ils sont encore nombreux à ne pas être venus m'acheter des livres. Quand je suis allé me renseigner auprès de la chambre de commerce du coin, histoire d'avoir un minimum de bases sur « comment tenir une librairie », la personne qui m'a reçu m'a plusieurs fois demandé si j'étais sûr de ce que je faisais. D'après elle, la majorité de mon chiffre d'affaires devait reposer sur une chalandise située à moins de dix minutes de la boutique. Techniquement, là, ça allait être compliqué. Parce que vous voyez, à dix minutes vers le nord, il n'y a rien, idem vers le sud, et l'est et ouest, ce n'est pas beaucoup mieux. Vraiment, vous êtes sûr ? Mais j'étais sûr. Inconscient. Et déterminé. Je savais que, si j'ouvrais la librairie, les gens viendraient. Les livres ont cet étrange pouvoir. Suffisamment, en tout cas, pour que je ne me retrouve pas coincé ici plus de quelques mois. À croire que je commence à m'y attacher, à cet ici. Cet ici qui ne pouvait pas être ailleurs de toute façon.

Maintenant que la nuit est tombée, je me retrouve même, sans trop savoir comment, à porter un lampion au bout d'un bâton. C'est une première, dans ma vie. Je n'aurais pas dû écouter Robert lorsqu'il m'a garanti que le petit, tout petit verre qu'il me servait, là, il y a trente minutes, ce n'était rien, juste un peu d'alcool du pays, rien de très fort, tu vas voir, ça se boit bien, allez, avale cul sec. J'ai d'abord porté le verre à mes narines. (Je sens toujours tous les aliments avant de les avaler. On ne sait jamais.) Je n'ai pas trouvé l'odeur suspecte, alors j'ai levé le coude.

Les regrets (et les lampions) sont très vite arrivés.

Les rires de Robert aussi. La gnôle de papé Lucien en a, semble-t-il, couché plus d'un. Puis il s'est remis à rire alors que je cherchais désespérément un verre d'eau. Il est finalement assez naturel d'avoir enchaîné avec la retraite aux flambeaux. Je ne connaissais pas cette tradition. Là où j'ai vécu, pour le 14-Juillet, on se réunissait simplement pour regarder le feu d'artifice et faire « oh » et « ah » jusqu'au bouquet final (un mélange de « oh » et de « ah » simultanés). Je tente de demander l'origine de ce rituel à mes compagnons de balade nocturne (c'est-à-dire environ tout le village), mais personne ne sait me répondre. « C'est comme ça, c'est tout. Tu te poses trop de questions, l'intello ! C'est à cause de tes livres, ça ! Profite ! » Oh, je profite, je profite. Qu'est-ce que je suis censé en faire, de ce lampion, d'ailleurs, maintenant que la boucle autour du patelin est terminée, et que me revoilà au point de départ, devant ce qui ressemble bel et bien à une piste de danse ?

— Coucou, Vivian.

Cette voix timide et mal assurée vient de derrière moi. Une voix qu'il est difficile d'oublier. Je me retourne.

— Salut, Alice.

— Sympa, le lampion.

C'est une bonne façon de briser la glace, il faut le reconnaître. Je souris brièvement. Je suis content de la voir, cette petite. Je me ramollis avec l'âge, côté rancune. À moins que ce ne soit l'alcool qui parle.

— Tu faisais la fête avec tes amis ? Je n'ai pas l'impression de t'avoir vue pendant la journée.

— Non, je suis encore un peu punie. D'ailleurs, je n'ai pas le droit de partir en vacances cet été. Je suis coincée ici. Mais mes parents ont cédé pour ce soir. Après tout, c'est la tradition.

— Oui, c'est ce que j'ai cru comprendre. Je n'y ai moi-même pas échappé.

Il y a comme une gêne entre nous. Il va falloir plus qu'un lampion et une tradition pour que les choses redeviennent tout à fait ce qu'elles étaient, j'imagine.

— J'espérais te voir ce soir, me dit soudain Alice alors que je tournais le dos pour partir affronter de nouvelles aventures, pensant que la conversation était terminée. Je... Je peux te parler ?

Je saisis deux chaises qui traînent par là et je les rapproche pour que nous nous fassions face. Je ne dis rien, je me contente de la regarder, et j'attends qu'elle prenne la parole. Alice se tortille les mains.

— Je suis profondément désolée. Je m'en veux terriblement. Je ne sais pas ce qui m'a pris. C'est juste que...

— Je t'écoute, ma grande.

— Pour la première fois depuis très longtemps, j'étais heureuse. Je n'ai pas beaucoup d'amis, je suis souvent seule à la maison, alors trouver ta librairie m'a remplie de joie. Pouvoir m'asseoir par terre, loin de la maison, et lire tranquillement me suffisait.

— Mais pourquoi tout gâcher ? Tu te doutais bien que tu te ferais prendre un jour ou l'autre, non ?

— J'ai voulu recréer une partie de la librairie dans ma chambre. Pour me sentir moins seule. Je voulais être entourée du plus de livres possible. Alors je me servais...

Ses yeux commencent à s'embuer. Bon sang, cette petite me touche. Je crois que je comprends un peu trop bien ce qu'elle veut dire. Le mot « solitude » résonne en moi comme jamais. C'est une sensation très étrange.

— Il t'aurait suffi de demander. Je te les aurais prêtés, moi, ces livres.

— Je crois que j'avais besoin de sentir qu'ils m'appartenaient. Qu'ils m'accompagneraient toujours. Je sais, c'est bête...

Je soupire.

— Non, ce n'est pas bête. Mais c'est dommage. Tu as tout de même trahi ma confiance.

— Je sais. Je le regrette tellement. Je ne pourrais jamais me rattraper, j'ai tout gâché. Je sais que tu ne veux plus me voir à la librairie. Mais je voulais que tu saches que je suis désolée.

— Merci. Ça me touche beaucoup.

Soudain, Sylvie surgit devant nous et me prend par la main pour m'entraîner au cœur d'une chenille endiablée, comme si c'était la chose la plus naturelle au monde (si ma mère voyait ça, elle n'en reviendrait pas). J'ai tout juste le temps de me retourner pour dire à Alice :

— Passe me voir la semaine prochaine, à la librairie. J'ai une petite idée.

Il fait nuit noire, mais je jurerais que son sourire illumine l'intégralité de la place du village en cet instant.

— Ah ! Et je te confie mon lampion. Prends-en soin.

Ce qui me paraît une punition appropriée. Pour l'heure.

Quelques (longues) minutes de chenille plus tard, alors que la fête bat son plein, je pars en direction de la buvette pour me désaltérer lorsque je suis alpagué.

— Alors, mon petit, on se fait à la vie du village ?

Marie-Anne m'adresse un sourire fatigué et tapote sur le banc à côté d'elle.

— Viens me tenir compagnie un peu, Robert est parti me chercher à boire. C'était il y a quarante-cinq minutes. Encore cinq et je m'estime définitivement abandonnée. Alors autant l'être en bonne compagnie.

C'est la première fois qu'elle me tutoie. Jamais tutoiement ne m'a semblé aussi naturel.

— Oh, je suis sûr qu'il ne vous… qu'il ne t'a pas vraiment abandonnée. Il me parle tout le temps de toi à la librairie.

Bon, d'accord, peut-être pas aussi naturel pour moi, mais je m'habitue vite.

— Pourtant, il ne lui viendrait pas à l'idée de m'offrir un livre, à ce bougre !

— Je pense que ça l'impressionne.

C'est le moment que choisit Françoise pour s'inviter (Françoise, c'est la boulangère) en me demandant si j'accepte de lui accorder cette danse.

— J'ai comme l'impression que le village t'a lui aussi adopté, Vivian, me dit Marie-Anne, espiègle. Allez, va t'amuser, Robert finira bien par refaire surface.

Je suis à mi-chemin de la piste de danse lorsqu'elle m'interpelle.

— Ah, au fait !

— Oui ?

— Je finirai bien par avoir le fin mot de cette histoire et connaître la vraie raison pour laquelle tu t'es installé ici ! me dit-elle, rieuse, en plissant légèrement les yeux, comme pour me dire qu'elle m'a dans son collimateur.

20.

J'aurais dû être un peu plus précis. « La semaine prochaine », c'est vague. Du lundi au samedi, il s'écoule une éternité. La preuve, nous ne sommes que lundi et il n'est que 15 heures. Voilà une demi-heure que la librairie est ouverte (je reste fermé le premier matin de la semaine pour me donner le temps d'avoir le temps – de remplir mon frigo, par exemple). Tout espoir n'est pas encore perdu. À moins que l'effet des lampions et de la fête se soit estompé et que la honte ait de nouveau pris le dessus, laissant Alice paralysée dans sa chambre.

À chaque fois que la porte est poussée, je dresse l'oreille tel un chien guettant le facteur, et je ne peux cacher ma déception en découvrant une tête plus ou moins connue. Ce qui est très désagréable pour les clients, j'en conviens.

Elle est arrivée alors que je renseignais quelqu'un par téléphone. Il sonne toujours quand on ne le regarde pas, c'est bien connu. J'ai tenté de garder un air sérieux, un air de oui bon c'est rien, Alice est là, et alors, on ne va pas rameuter la presse. Un air qui ne trompe personne. Je raccroche tandis qu'elle marche vers le comptoir, armée de son fidèle sac à dos.

— Salut, Alice. Je... Je suis content que tu sois là.

— Moi aussi. Tiens, ajoute-t-elle en plongeant la main dans son sac, j'ai rapporté ton lampion. Je le pose où ?

Et voilà comment tout a été pardonné. Enfin, presque. À un détail près.

— Tu m'as dit de passer dans la semaine. Mais tu n'as pas précisé le jour. J'espère que ce n'est pas trop tôt...

— Ah ? Euh, oh, non, ça ira, va.

C'est ça. Nonchalant. Ne pas montrer sa vulnérabilité. Ni son impatience. Tout en retenue.

— C'est drôle, rien n'a changé ici.

— Justement, c'est de ça que je voulais te parler.

Je la sens intriguée. Suffisamment pour qu'elle pose son sac et s'accoude au comptoir, pour me montrer qu'elle écoute comme jamais elle n'a écouté. Il faut dire que je me suis trituré les méninges pour trouver une punition qui soit à la hauteur de l'affront. Le scénario que j'ai fini par échafauder est d'ailleurs assez inspiré de mon pire cauchemar.

— Comme tu es coincée ici pendant tes vacances, je me suis dit que tu pourrais venir m'aider un peu à la librairie.

— Pour gérer la foule ? me fait-elle remarquer en balayant du regard la librairie déserte.

C'est vrai que la fréquentation en a pris un coup, depuis quelques jours. Il faut croire que les records de début juillet étaient une illusion. Après, moi, tant que je vends un livre par-ci par-là et qu'un client trouve son bonheur, je suis content. Fut un temps où j'aurais donné cher pour que quelqu'un vienne un jour avec son propre camion, ses propres cartons, et me dise banco, je vous prends le stock, et si vous voulez, je vous dépose quelque part en passant. Ce n'était pas l'idée de base, mais au moins j'aurais pu passer à autre chose. Aujourd'hui, c'est différent. Aujourd'hui, je suis heureux de compter des habitués. Heureux que chaque livre trouve un foyer qui lui ressemble. Heureux que mes piles fondent… doucement.

— Non. Enfin, si. Tu pourrais faire un peu de vente. Mais je voudrais surtout que tu réorganises la librairie. Tes critères seront les miens. Trop de gens me font remarquer… Bon, OK, ils se plaignent de ne pas s'y retrouver du tout. J'aimerais que ce soit en ordre pour la dernière ligne droite.

— Quelle dernière ligne droite ?

(Ce sera pour une autre fois, cette conversation.)

— Bref, est-ce que ça te dit ?

Elle se redresse, s'éloigne du comptoir et sautille subrepticement entre les allées. Elle jauge chaque étagère. Chaque livre. Puis elle revient à ma hauteur, les yeux humides.

— Vivian, tu ne pouvais pas me faire plus beau cadeau. Merci. Je commence quand ?

Je savais que mon pire cauchemar lui plairait.

21.

Après m'être assuré qu'Alice avait l'accord de ses parents, nous sommes convenus qu'elle viendrait trois fois par semaine, par sessions de quatre heures. Ce qui lui laisse le temps de continuer de vivre sa vie d'adolescente punie en vacances.

J'ai passé une bonne partie de ma propre adolescence seul chez moi, l'été. Pendant plusieurs années, ma mère a traversé une passe compliquée à cause de travaux imprévus dans la maison (le toit menaçait de s'effondrer et d'inonder la bibliothèque. Autant dire qu'il y avait urgence) et il a fallu mettre nos voyages entre parenthèses. Mais ça m'allait très bien. Par exemple, j'ai découvert que le temps s'accélérait lorsque je faisais un puzzle. J'adorais les puzzles. Les quelques fois où j'en ai ouvert un des années après, l'odeur particulière du bois me ramenait directement à cette période. Ce matin, en la regardant tournoyer d'une étagère à une autre, des livres sous le coude, je me dis qu'Alice n'a pas l'air de trop mal vivre son isolement. Pourtant, je ne peux m'empêcher de repenser à son explication, le jour de la fête du village :

comment les livres l'aidaient à se sentir moins seule en lui tenant compagnie. Elle qui est si pétillante et drôle, je ne vois pas pourquoi elle ne serait pas entourée d'amis, ça n'a pas de sens.

— Dis, Alice, tu ne m'as jamais parlé de tes amis. Tu sais que tu peux leur proposer de passer, à l'occasion.

— Tu connais beaucoup d'adolescents de quatorze ans ? m'a-t-elle rétorqué.

— Pas vraiment, non.

— Alors tu ne peux pas comprendre. Je préfère être seule.

Mouais. Je ne suis pas convaincu. Cette jeune fille a sur les épaules le poids de la solitude. Il y a forcément un moyen de l'aider. Il faut que j'y réfléchisse.

Comme un signe envoyé par le destin de l'évidence, un jeune garçon de l'âge d'Alice fait son apparition dans la librairie. Ils feignent d'abord de ne pas se voir, puis daignent s'adresser un signe de tête. Il est certain qu'ils se connaissent. Et qu'il se trame quelque chose. Encore une fois, j'ai été adolescent, moi aussi. Je sais déceler les stigmates de la timidité et des non-dits. Je pense qu'ils sont secrètement amoureux. Ce sont leurs fichues hormones qui les empêchent d'y voir clair et d'avoir une réaction lucide. Heureusement que je suis là. Heureusement que j'ai été à leur place. Je vais échafauder un plan. Un plan infaillible. Alice ne sera plus seule. Alice n'aura plus à faire de puzzles pour passer le temps.

J'ai hâte.

— N'y pense même pas.

Alice a surgi à côté de moi, derrière le comptoir, et elle pointe un stylo vers mon nez.

— À quoi donc ? rétorqué-je innocemment.

— T'es en train de te dire que, comme c'est un garçon, et qu'il a mon âge, et qu'il est dans une librairie, il est obligatoirement fait pour moi.

Elle a raté la partie avec les puzzles, mais sinon c'est ça.

— Euh...

— Allez, mens pas.

— Bon, peut-être. Mais je sens que vous êtes faits l'un pour l'autre ! Et puis tu te plaignais d'être seule...

Elle me sourit et met la main sur mon épaule. Alice n'est pas quelqu'un de très tactile, alors je prends ça pour une marque d'affection. Comme une fille qui chercherait à faire comprendre à son père qu'il dit n'importe quoi, mais que ce n'est pas méchant. Juste de l'ignorance. Sans trouver les mots.

— Tu dis n'importe quoi. Mais c'est gentil.

Ah si, elle trouve les mots.

— Tu pourrais au moins aller lui parler, à ce garçon.

— Je pourrais. C'est vrai.

Et elle disparaît pour reprendre son rangement.

Ce qui m'arrange, en un sens, parce qu'elle est en train de me mettre un beau bazar. Le premier jour, avant de s'y mettre, elle m'a demandé si je lui laissais carte blanche et si je voyais un inconvénient à ce que tout soit éparpillé, y compris pendant les heures d'ouverture. En ma qualité de grand gardien du désordre (par terre ou sur une étagère, c'est pareil), je lui ai répondu que je n'y voyais aucune objection.

Je commence à en voir un peu plus, maintenant que je suis devant le fait accompli. Je serais même enclin à penser qu'elle n'a aucune idée de ce qu'elle est en train de faire, sauf qu'elle possède un cahier. Dans ce cahier se trouvent des graphiques de différentes couleurs – preuve qu'Alice a un plan. Je ne peux que m'incliner.

22.

Les journées estivales se suivent et se ressemblent, rythmées par des passants qui ne font pas que passer. Je commence à me sentir à l'aise dans cette nouvelle configuration, malgré les piles de livres qui jonchent le sol et que j'oublie parfois d'enjamber, ce qui ne manque jamais de me faire râler lorsque je les fais tomber.

— Tu sais, tu ferais aussi bien de juste laisser la pile éparpillée, relève Alice.

Elle adore veiller à ce que tout soit bien à sa place (et plus encore me le faire savoir).

— Tu es consciente que des gens circulent ici ? Tu as pensé à Monique et à ce qui lui arriverait si sa canne dérapait sur l'intégrale des *Misérables* ?

Elle me regarde avec l'air de dire que je ne suis pas crédible. Elle n'a pas tort. Mon rangement initial en atteste. Le plus curieux, c'est que j'ai constaté que de nombreuses personnes se servent sur les piles posées par terre. Comme si fouiller faisait partie du plaisir. Elles les aiment, ces livres, et sont prêtes à leur donner leur chance en toute circonstance. Moi, pendant ce temps-là, je leur mets des coups de pied.

Cette espèce de relation amour-haine avec les fruits de mon commerce n'est sûrement pas très saine. Il faudrait qu'on parle, eux et moi.

Depuis qu'Alice vient m'aider, il m'arrive de m'adresser aux carnets. Parfois avec colère. Comme s'ils refusaient de me livrer leurs derniers secrets. Je voudrais les aimer, ces livres qui m'entourent. J'y parviens, parfois, furtivement. Il m'arrive de les ouvrir pour les sentir, pour être transporté, pour en humer l'encre et en absorber l'essence. Mais l'effet est de courte durée. Je ne peux pas m'empêcher de me rappeler combien les livres nous font croire à une myriade de mystères, d'aventures, qui ne reflètent en rien la vie réelle. Combien ils m'ont laissé tomber, aussi, un jour.

Bref, sinon, je suis très équilibré.

Qui sait. Je finirai peut-être bien par les apprivoiser. D'ailleurs, j'ai eu l'occasion de lui raconter, à Alice, pour la fille du banc. Pour lui apporter un début d'explication. Elle n'a pas compris pourquoi j'en faisais tout un pataquès.

— Mais, par exemple, elle est où, cette photo, à présent ? Celle prise dans la bibliothèque ? m'a-t-elle demandé.

— Je ne sais pas.

— Donc elle a un peu circulé dans la classe et c'est tout ?

— Oui. Après y a eu les grandes vacances et je suis allé au collège.

— D'accord.

— Hé, oh, les « d'accord », c'est moi qui les dis, pas toi.

— D'accord.

Je n'ai pas poursuivi. Ce n'est pas une histoire que j'aime ressasser. Peut-être que je me cherchais juste une raison pour détester les livres. Une forme d'émancipation. C'est à ça que sert l'adolescence, après tout.

Lui n'y est pas encore, dans l'adolescence. Même s'il en adopte l'attitude puisqu'il a décidé de protester par terre, au milieu de la librairie. Décidément, ça devient à la mode, par ici. Il regardait sa mère déambuler entre les étagères depuis quelques minutes lorsqu'il a décidé de s'asseoir et de se mettre à pleurer, manifestement mécontent de ne pas trouver chaussure à son pied parmi les livres en rayon.

— Quelque chose me dit qu'il ne partira pas d'ici sans un livre, a annoncé sa mère, pleine de sagesse, quand je suis allé vers elle pour tenter de comprendre d'où venait cette soudaine animation.

— Maman, elle m'a dit que la petite souris allait m'apporter des livres et que je pouvais venir les choisir, intervient-il alors, tout joyeux dans sa protestation.

Effectivement, son sourire radieux expose les nombreuses dents de lait qui se sont fait la malle dernièrement. Pas de doute, il est créditeur chez la petite souris. Au-delà de cette bouille craquante, je tente d'imaginer comment la fameuse petite souris pourrait déposer discrètement un livre sous un oreiller. Il faudrait ruser. Cela dit, elles sont malignes. Ne jamais sous-estimer les petites souris.

Je m'aventure à suggérer que, techniquement, pour peu qu'il sache lire, n'importe quel livre peut être abordé par un enfant. Ce ne sont jamais que des mots. La mère ne semble pas convaincue. L'enfant, quant à lui, se relève d'un bond et commence à fouiller, à la recherche de son bonheur et de l'équivalence d'une dent de lait.

— Oui, enfin, tout n'est pas de son âge, objecte fort justement sa mère. Allez, viens, Isaac, on trouvera autre chose, promis.

— Ne l'écoutez pas, dit soudain Alice, prenant Isaac par la main. Il ne sait plus ce que c'est qu'être un enfant. Mais on a des livres géniaux pour les plus petits ici, je vais lui montrer ça !

— Ouiiiiiii !

Voilà un cri d'enthousiasme comme je n'en ai jamais entendu. Elle est douée. Bien plus que moi. Alice commence alors à étrenner son début de rangement et à lui montrer quelques titres qu'elle a aimés, enfant. Elle lui en fait les résumés de manière habitée, respirant la passion. Un véritable travail de transmission. Je me demande ce qui est arrivé à ma capacité à raconter des histoires. Ça ne peut pas être la conséquence d'une simple photo.

Finalement, Isaac montre fièrement la couverture de *Croc-Blanc*, de Jack London, à sa mère qui attendait avec moi au comptoir.

— C'est lui que je veux !

Visiblement, l'enthousiasme est contagieux.

Elle accepte, prouvant au passage qu'Alice inspire plus confiance que moi. Il a de la chance, cet enfant, d'être tombé sur elle. La lecture de

Croc-Blanc va peut-être, d'une manière ou d'une autre, lui changer la vie. On est toujours un peu changé après avoir été confronté à une grande histoire.

23.

Il lui aura fallu un mois, mais elle en est venue à bout. Ce matin, elle est heureuse comme tout de faire le tour des rayons avec moi pour m'expliquer ce qui a motivé son organisation.

— J'ai voulu imaginer ma librairie idéale. C'est un peu bizarre de ne pas pouvoir faire de piles de livres, vu qu'on ne les a qu'en un seul exemplaire, mais j'ai fait avec.

(Je suis volontairement resté évasif le jour où elle m'a demandé pourquoi je n'avais pas de stock.)

— Tu ne vas pas prendre de notes, pour t'y retrouver ? me demande Alice, qui semble parfois oublier qui est le supérieur hiérarchique dans cette affaire.

— Nan, tout est dans ma tête.

Je tapote l'index sur ma tempe, pour finir de la convaincre. Elle n'est absolument pas convaincue.

Trente minutes plus tard, j'ai la tête qui va exploser d'informations diverses et variées.

— Alors, tu en penses quoi ?

La vérité, c'est que je suis fier d'elle. Et très impressionné. Elle a pris ce projet à bras-le-corps, s'est investie sans compter, a utilisé des feutres de couleur et a transformé la librairie. Pour répondre à sa question, je n'en pense pas grand-chose, puisque je n'écoutais qu'à moitié : j'étais trop occupé à être fier. J'ai juste saisi les grandes lignes. Tout est classé par genres, puis par auteurs.

Je m'en étais jamais vraiment rendu compte mais, agencée comme ça, c'est flagrant : la librairie contient une sélection de livres incroyablement éclectique.

— Ce qui est bien, c'est que j'ai laissé de la place pour de nouveaux livres. Les étagères commencent à être vides !

Là aussi, je préfère ne pas répondre.

— D'ailleurs, poursuit-elle, j'ai l'impression de voir tout le temps les mêmes livres, depuis que je viens ici. Comment ça se fait qu'il n'y en a jamais de nouveaux ?

Le moins que l'on puisse dire, c'est qu'elle sait poser les bonnes questions. Je sais que je dois profiter des instants présents, mais j'ai un petit pincement au cœur en me rendant compte que la fin de ces travaux forcés implique la fin de sa présence ici quasiment au quotidien. Avant, j'aurais été heureux de retrouver enfin ma solitude et mes habitudes. Mais ces dernières ont changé. Je les aimais bien, mes nouvelles habitudes.

24.

Tout cela me paraît bien loin à présent que l'automne pointe le bout de son nez.

Je suis fatigué.

Je veux bien mettre ça sur le compte du manque de vitamine D, des jours qui raccourcissent, des oiseaux qui sont partis chanter ailleurs, mais l'absence d'une certaine adolescente qui n'a rien trouvé de mieux que d'aller au lycée y est pour beaucoup. Il est loin, le lycée. C'est un bien plus grand détour pour venir me voir. J'ai droit à une visite hebdomadaire, à présent. Le samedi. Si elle n'a pas trop de devoirs. C'est déjà ça.

Les journées me paraissent horriblement monotones. Le contraste avec cet été est flagrant. Chacun a repris ses habitudes et remis ses chaussettes. Quoique vraiment soulagé par le rangement d'Alice, me voilà de nouveau seul. Je l'ai laissée repartir avec une considérable pile de livres qu'elle avait repérés et n'osait pas demander. C'était le moins que je puisse faire, compte tenu de l'aide précieuse qu'elle m'avait apportée. Sans parler du coup de fouet que m'a donné sa bonne humeur. Nous n'avons plus jamais reparlé de cette histoire de vol. C'est de l'histoire ancienne. Par contre, je me demande ce qu'elle a fait de mon lampion.

Désormais, un autre problème se pose : mon stock diminue. La librairie aura bientôt l'air vide. Alice avait comblé certains trous en exposant les livres de face, la couverture bien visible, mais ça ne suffit plus. C'est ça, de ne pas se réapprovisionner. En même temps, c'était prévu. C'était même le but.

Je pensais que me savoir proche de la fin de ma mission me remplirait de joie. Il n'en est rien. Enfin, je ne sais pas. Ça dépend des jours. Je suis dans ma phase « à quoi bon ». Elle est nulle, cette phase. Il faut dire aussi que de plus en plus de gens entrent, jettent un œil et font demi-tour. Avant, ils se laissaient tenter par ce qu'ils découvraient au hasard, au gré des piles, mais à présent le manque de choix (somme toute relatif, il reste des centaines de livres très aguicheurs) n'assouvit plus guère leur curiosité. J'aime bien, moi, assouvir la curiosité. Même par procuration. Quand je propose de les renseigner, beaucoup me demandent du polar. J'en avais des tas en rayon (littéralement, grâce à Alice, qui m'a démontré que c'était mieux que par terre), mais ils sont vite partis. Il ne reste que quelques miettes. On me demande aussi des romans du terroir. Je n'avais aucune idée de ce que c'était, avant. Ou je pensais à des livres de cuisine. Non pas parce que je confondais le mot « terrine » et le mot « terroir », mais parce que ma mère avait dans un tiroir (non, je ne confonds pas non plus le mot « terroir » avec le mot « tiroir ») de la salle à manger un livre intitulé *La Bonne Cuisine de nos terroirs*. Lorsque je lui ai demandé pourquoi il n'était pas plutôt dans la cuisine, elle m'a répondu que c'était un cadeau que sa mère lui avait fait à son départ du foyer familial. Apparemment, ça se faisait, entre une mère et sa fille. Et apparemment, c'était suffisant, comme explication. Quand je lui ai demandé ensuite pourquoi il était caché dans un tiroir, elle m'a répété que c'était justement parce que c'était un cadeau de sa mère.

Des années plus tard, elle m'a avoué qu'elle était incapable de jeter un cadeau. Quel qu'il soit. Surtout les miens.

— Euh, pourquoi tu voudrais les jeter ?

— Vivian, tu as beaucoup de qualités...

(Quelque chose me disait qu'un « mais » m'attendait.)

— ... mais reconnais que tes goûts sont parfois pour le moins originaux.

— Ah oui ? Donne-moi un exemple, pour voir !

J'étais adulte à ce moment-là, je n'allais tout de même pas me vexer pour si peu.

— Le golf miniature.

— Eh bien, quoi ?

— Eh bien, rien. C'était curieux, comme idée.

— C'est pas si curieux que ça, tu adores les livres !

Pour ses quarante ans, j'avais trouvé le livre parfait. Un livre qui faisait aussi golf miniature. Le rêve. En gros, il se posait à plat et contenait une dizaine de parcours. Chaque page en était un, avec un trou au bout. Il était livré avec un mini-putt et des mini-balles. Des heures d'amusement garanties ! D'ailleurs, il n'était pas resté dans un tiroir, lui. Clairement, ce jour-là, elle a été de mauvaise foi.

Toujours est-il que je n'ai pas de palliatif aux romans de terroir, encore moins aux livres de cuisine, puisque ici tout n'est que littérature. Je ne l'ai pas choisi, c'est comme ça. On peut trouver, en cherchant bien, quelques recueils de poésie, un peu de philosophie et de rares livres d'histoire. Mais l'immense majorité des livres en rayon, ou du moins ce qu'il en reste, sont des livres de fiction. En général, les gens le prennent bien et font demi-tour en tentant de ne pas trop penser au fait qu'ils ont fait le trajet pour rien. Lui par exemple, qui est passé il y a quelques jours, au moment de partir, il m'a dit :

— Ce n'est pas grave, j'irai lui acheter un cactus, à mon beau-frère. Vous en pensez quoi ? C'est toujours une bonne idée, un cactus.

Apparemment, ses deux seules options étaient un livre sur les cèpes (au début, je pensais qu'il parlait de cépages, et quand je lui ai répondu que je n'avais rien sur le vin, il m'a dit qu'il ne voyait pas le rapport avec les champignons), ou un cactus. Les réunions de famille doivent être intéressantes.

Je suis aussi très inquiet pour la période qui arrive. Celle qui normalement fait la joie des commerces et des mains qui se frottent à l'idée de remplir le tiroir-caisse. Noël n'est pas si loin.

On compte sur moi pour apporter un peu de magie sous le sapin. Ce n'est pas en mettant quelques guirlandes que je vais faire illusion. Si ça se trouve, il ne restera rien d'ici là de toute façon. Et alors quoi ? Si je n'ai plus de but, ni ici ni ailleurs, de quoi sera fait mon avenir ? C'est bizarre, de se poser ces questions. C'est nouveau, surtout. Mon avenir s'est toujours construit au présent, au jour le jour. Une occasion chassant l'autre au gré des carrefours qui se dessinaient devant moi. Mais, là, je me trouve dans une impasse.

Bon.

Un client entre.

J'espère qu'il n'a pas besoin d'un livre de cuisine.

25.

La librairie est déserte alors que je suis en train de me débattre avec ce qui est censé faire office de décorations de Halloween. Je disperse ici et là les feuilles orangées que je suis allé chercher en forêt, mettant au passage de la terre partout. Et je n'arrête pas de me prendre les pieds dans cette fichue citrouille. Une idée d'Alice. Elle a jugé bon de me la déposer à la librairie, sans prévenir. J'étais atterré, et elle, hilare. Apparemment, Halloween sans une citrouille, ce n'est pas Halloween. Soit. J'ai commencé à la vider, mais impossible de terminer, faute d'outils adéquats. Qui aurait pu penser que ce serait aussi compliqué ? En attendant, elle végète à moitié creusée, par terre, à droite du comptoir. Je dois me prendre les pieds dedans environ toutes les deux minutes. Comme elle est plus lourde qu'une pile de livres (c'est la spécialité d'Alice, de me mettre des bâtons dans les pattes), selon toute probabilité, je devrais finir par me rétamer pour de bon un de ces jours. Si j'étais un peu malin, je ne la laisserais pas dans le passage. Mais c'est un cadeau. Encore une fois, on ne jette pas les cadeaux, dans la famille.

Il me reste à trouver des idées pour la vitrine. Je veux jouer le jeu. Un peu, histoire de ne pas me faire remarquer. Même si c'est un jeu dont les règles ont tendance à m'échapper.

Je sortais de la salle d'eau, où je tentais, sans succès, de retirer les paillettes collées sur mes doigts (c'est une longue histoire), lorsque je l'ai vu franchir la porte.

J'ai su que c'était grave parce que nous étions en plein milieu de l'après-midi, ce n'était pas dans ses habitudes.

Certaines démarches, certaines expressions en disent long. Les mots sont alors inutiles. J'ai tout de suite su. Avant même que ses yeux embués le confirment.

— C'est Marie-Anne ?

Robert a simplement hoché la tête. Il a tenté de bredouiller la date d'hier, mais le chagrin a eu raison de lui. Pour je ne sais quelle raison, je me suis retenu de pleurer. Comme si ce moment ne pouvait appartenir qu'à Robert, que c'était à lui de laisser couler ses larmes, pas à moi. C'était parfaitement crétin. Je ne suis pas toujours très doué pour savoir comment réagir face à de telles situations. Alors j'ai fait ce que j'aurais voulu qu'on fasse avec moi. Je l'ai pris brièvement dans mes bras. Robert mesure une bonne tête de plus que moi (c'est vraiment un grand gaillard), donc je ne sais pas si j'ai pu être aussi réconfortant, aussi enveloppant que j'aurais aimé, mais au moins le message est passé.

Je suis là s'il a besoin de moi.

Il s'est laissé faire, m'a dit merci en se redressant après seulement quelques secondes. Il a balayé les paillettes que j'avais laissées sur son épaule et il m'a expliqué qu'il avait beaucoup à faire, qu'il devait y aller, mais qu'il avait tenu à me l'apprendre de vive voix. Je l'ai remercié, lui ai dit combien ça me touchait et qu'il saurait où me trouver s'il avait besoin de quoi que ce soit. Je ne voyais pas bien quoi. De soutien, peut-être ? D'une oreille ? Il n'existe pas de mots qui apaisent une telle souffrance, une telle perte.

Au moment de partir, il s'est arrêté, a posé les mains sur ses cuisses comme pour reprendre son souffle, et s'est tourné vers moi.

— C'est dur, tu sais.

Oh, je savais, oui.

Je savais.

26.

Les nouvelles de cette ampleur circulent vite, dans le village : en quelques heures, tout le monde est au courant. Marie-Anne était très appréciée, très impliquée dans la vie locale, et Robert est une personnalité plus grande que nature. De celles qui vous marquent immanquablement. Elle était malade, ça se savait, mais tout s'est néanmoins accéléré. Elle a été affaiblie par une infection et est partie, comme on dit pudiquement pour ne pas évoquer la mort à voix haute, en seulement quelques jours. Robert m'avait prévenu qu'elle était à l'hôpital, mais lui n'y voyait rien de grave. Un simple séjour de précaution. Même si j'avais pressenti qu'il cherchait à se rassurer lui-même, il était convaincant, dans son optimisme un peu fuyant. Elle serait bientôt remise sur pied, me disait-il, et elle pourrait recommencer à se battre contre ce fichu machin.

Ce fichu machin n'est pas toujours simple à battre.

Malgré mon aversion pour ces lieux, j'ai trouvé important d'aller la voir, lors de cette hospitalisation. J'ai mis quelques livres au hasard dans mon sac à dos. (Enfin, pas tant au hasard que ça. J'ai puisé l'inspiration à la source ultime, à savoir mes carnets, à la recherche de récits qui regonflent le cœur.) J'ai inspiré un grand coup, et je suis parti prendre le bus, avec une douloureuse sensation de déjà-vu. Elle dormait à mon arrivée, et comme il m'était difficile de rester trop longtemps, j'ai simplement déposé les livres sur sa table de chevet et je suis reparti, le sac à dos plus léger, mais le cœur plus lourd.

Deux jours ont désormais passé depuis le décès de Marie-Anne, et je me dis que c'est la première fois, depuis l'ouverture de la librairie, que je ne vois pas Robert. Enfin, la deuxième, si on compte hier. Je m'en doutais un peu, même si je lui ai préparé son café. Juste au cas où. Je regarde la tasse pleine sur mon comptoir, comme si ça allait le faire apparaître. Il doit être pris par les démarches administratives, les préparatifs de l'enterrement. Il se prend peut-être aussi les pieds dans son propre chagrin. Je suis triste en tout cas, moi aussi. La nuit a été courte et agitée, ce qui ajoute à la fatigue nerveuse. Pour gagner du temps, j'aime bien me brosser les dents sous la douche. J'y vois aussi une façon de faire des économies d'eau. Ce matin, par je ne sais quelle manipulation de mon esprit embrumé, j'ai réussi à me laver les cheveux avec du dentifrice. Ce n'est pas très agréable. Je me suis ensuite mis directement derrière mon comptoir avec la ferme intention de réfléchir le moins possible.

Zut. J'ai tellement peu réfléchi que j'en ai oublié d'ouvrir la porte. Ça vient de faire tilt.

Dire que, quand ce pauvre passant m'a fait des grands signes devant la porte tout à l'heure, j'ai cru qu'il me saluait juste de loin (on s'habitue assez vite à ce que les villageois soient spontanément avenants).

Je me lève pour mettre un tour de clé, donnant ainsi le réel top départ à cette journée. S'agirait que je termine ma décoration de saison, moi. Ça tombe bien, Alice vient d'arriver. C'est une activité parfaite à déléguer à une adolescente avide de découvrir les joies des responsabilités. Je me demande où se situe la frontière entre le bénévolat et l'exploitation d'une mineure sous forme de travail dissimulé. Je me demande surtout si elle saura quoi faire de sa citrouille.

Dans la foulée d'Alice, plusieurs habitants arrivent les uns après les autres en l'espace de quelques minutes. Je ne sais pas si c'est l'odeur de la tasse de café qui les attire, mais cela fait des lustres que la librairie n'a pas été aussi bondée. Monique et Sylvie mènent les troupes, composées de quelques clients, ainsi que de personnes que je reconnais de la fête du 14-Juillet.

— Vivian, m'explique Sylvie, tu as été choisi.

Puis, se tournant vers Alice :

— En plus, tu as déjà de l'aide, c'est bien !

La dernière fois que j'ai été choisi, c'était pour être le *Secret Santa* de mon entreprise. Et personne ne m'a laissé le loisir de refuser. Je me méfie, à présent, lorsque je suis choisi.

— Comme Marie-Anne adorait les livres, nous nous sommes dit que ce serait bien de nous réunir ici pour célébrer sa mémoire. J'espère que ça ne te dérange pas, je me suis permis d'inviter quelques proches.

Elle regarde autour d'elle, jauge l'espace et commence à donner des instructions : il faut que les livres soient enlevés des tables afin de coller ces dernières les unes aux autres. Une fois de plus, j'ai été choisi sans que l'on me laisse le choix, mais ça ne me dérange pas du tout. Je laisse faire. Je ne suis pas le roi de l'organisation. Je n'ai jamais invité plus de trois personnes à la fois chez moi, alors, préparer une fête, n'en parlons pas. Ce n'est pas que je fuis toute vie sociale, c'est juste que ça ne m'intéresse pas. Cela dit, depuis que je suis ici, je commence à changer d'avis. Petit à petit. Dans un élan dont je suis le premier étonné, je monte à l'étage chercher de quoi faire du thé et rapporte quelques gâteaux secs qui traînaient dans un placard.

— Pardon, Vivian, me dit Sylvie en montrant du doigt le paquet un peu maigrichon que je brandis fièrement, c'est gentil, mais qu'est-ce que tu veux qu'on fasse de ça ? Il nous faut du réconfort, que diable !

Et là, elle a véritablement pris les choses en main.

Je pense que Sylvie a déjà organisé des banquets royaux dans l'urgence. C'est très impressionnant à regarder. Elle a donné une tâche précise à chacun (nous sommes à présent une bonne quinzaine dans la librairie, et tout le monde a l'air de se connaître – c'est le principe des proches, après tout), et voilà qu'ils ont disparu, me laissant seul avec mon paquet de gâteaux toujours dans la main, aussi inutile qu'une citrouille à demi creusée. La bonne nouvelle, c'est que j'ai une excellente raison de laisser tomber ma décoration spéciale Halloween pour l'instant.

Moins d'une heure après, les voilà de retour : *ils partirent une quinzaine et revinrent au moins le double*, mais sûrement pas les mains vides. Je ne sais pas s'ils cuisinent plus vite que leur ombre, ou s'ils ont juste des montagnes de provisions chez eux, car mes tables se retrouvent par magie envahies de tartes, de salades, de fromages, de viande froide, de viennoiseries et j'en passe. De quoi faire un brunch de compétition. Ali (toujours de la Taverne) a même pensé à apporter une dizaine de chaises pliantes, pour ceux qui ne souhaiteraient pas rester debout trop longtemps. Parce que le temps passe vite, dans ces conditions conviviales. Quant à Alice, elle a préparé un brownie qui semble délicieux.

— Tiens, tu veux que je le mette où ? me demande-t-elle.

— Oh, faut demander à Sylvie pour ça.

— Justement, je voulais te donner l'impression que tu gérais un peu.

— C'est malin... La vraie question, c'est plutôt pourquoi tu ne m'as pas apporté ce brownie en venant à la librairie, ce matin. Je commence à me demander ce que tu m'as caché d'autre.

— T'es bête ! Bon, je le mets là-bas, avec le reste, si ça te va ?

Question rhétorique, évidemment que ça me va. Sauf que je vais être hanté par les fantômes des brownies que j'ai ratés cet été.

Une fois installé, chacun y va, à tour de rôle, de son anecdote au sujet de Marie-Anne. Les rires se mêlent aux pleurs et j'en apprends tellement sur elle en si peu de temps que ça m'en donne le vertige. C'est beau de voir qu'une âme a pu marquer autant son entourage et laisser une trace à la fois si douce et indélébile. Difficile de ne pas y voir une célébration de la vie, même si ça sonne un peu cliché. Le parcours de Marie-Anne a été d'une richesse incroyable. C'est dommage que Robert ne soit pas là pour entendre tout ça. Il est occupé, et personne n'a réussi à le joindre.

Je me sens un peu bête, au milieu de tout ça, moi qui n'ai pas grand-chose à raconter alors que ça ne va pas tarder à être mon tour (à moins que le sens des aiguilles d'une montre ne change dans les secondes qui viennent). J'ai bien quelques petites anecdotes, mais rien qui ne soit aussi fort, aussi touchant que tout ce que j'ai entendu jusque-là.

— Allez, à toi, Vivian. Quel souvenir veux-tu partager ? me demande un villageois, un verre de champagne à la main (il y a du champagne ?).

Au fond, pourtant, je sais, bien sûr. Mais comment expliquer tous les souvenirs que cette rencontre et cette disparition font remonter en moi ?

— Je n'en ai pas un de précis, même si celui de notre première rencontre a été mémorable. Robert pourrait en attester. Ou encore la journée de la fête du village.

Vu la mine impatiente de mon auditoire, je ne vais pas m'en sortir à si bon compte.

— Mais j'ai un regret, celui de ne jamais lui avoir raconté mon histoire.

Et j'ajoute, avec un sourire distant :

— Cela semblait lui tenir à cœur.

— Alors c'est le moment de la partager avec nous, mon gars.

C'est la voix de Robert, qui s'élève juste derrière moi. Je ne l'ai ni vu ni entendu entrer. Ce qui est étonnant, compte tenu de sa stature, mais il faut dire que la librairie est pleine à craquer à présent et qu'il est difficile de contrôler les entrées et les sorties. Je suis ému qu'il soit venu. Je me lève pour lui servir machinalement une tasse de café, ce qui me fait gagner du temps.

Je suis quelqu'un de plutôt taciturne, d'assez peu bavard et particulièrement réservé. Je pars du principe que ma vie ne gagne pas nécessairement à être exposée. Je la trouve formidable, là n'est pas la question, mais c'est la mienne. Depuis des mois, je passe mes journées à vendre des histoires, parfois malgré moi, à proposer des œuvres sous forme de résumés glanés dans des carnets sans les avoir lues. Il est effectivement peut-être temps de raconter une histoire que je connais bien. Que je connais trop bien. Reste à savoir précisément par où commencer.

27.

Je vais être en retard. À tous les coups.

Tout ça à cause de Charlotte, qui voulait absolument mon avis sur la carte d'anniversaire de Lucien. L'anniversaire d'un collègue avec qui je n'interagis que quelques fois par an (généralement pour organiser les autres pots d'anniversaire du bureau) n'étant pas l'enjeu du siècle, j'ai eu du mal à être très constructif. Les prises de décision sont toujours compliquées, ici, chacun a peur de se mouiller. D'ailleurs, je ne fais pas du tout exception à cette règle : je n'ai pas pesé une seconde sur le choix du cadeau commun (une montre, je crois, ou une cravate, quelque chose d'essentiel visiblement), et je ne vois pas bien en quoi mon avis sur la carte (elle est moche) fera bouger les aiguilles du destin. Charlotte devait terminer un dossier pour une réunion et impérativement passer par mon bureau pour me montrer ladite carte avant que nous partions déjeuner. Alors j'ai attendu, en regardant ma montre toutes les deux minutes. Une montre qui ne m'a pas été offerte par mes collègues, qui ont préféré opter la dernière fois pour des mules décorées de chatons.

— On s'est dit que c'était tout toi, ça !

C'est une conclusion que je trouve assez inquiétante. Mais je n'ai rien dit. C'était déjà gentil à eux d'y avoir pensé (il y a un tableau Velleda géant dans la salle de pause, où les anniversaires sont rigoureusement notés, ce qui évite les vexations, mais fait beaucoup de cadeaux à offrir). Et puis, au bureau, mon but, c'est de rester discret, de ne pas faire de vagues et surtout, surtout, de séparer ma vie professionnelle de ma vie privée.

Bref, voilà pourquoi, à cause d'une carte, je me retrouve à courir dans la rue, sous la pluie, mon sac à dos sur la tête. J'ai une aversion pour les parapluies. Je n'en utilise jamais. Je parie que c'est ce que je recevrai comme cadeau d'anniversaire, la prochaine fois.

Je n'aime pas être en retard. Comme ma mère déteste ça aussi, je sens que je vais en entendre parler. J'aurais dû être là il y a dix minutes quand je franchis enfin la porte du restaurant, trempé de la tête aux pieds (la technique du sac à dos a ses limites). Je me faufile tant bien que mal jusqu'à la table où elle m'attend.

— Tu perds tes cheveux, je ne l'avais jamais remarqué, c'est drôle.

Cela fait déjà quelques mois que je ne l'ai pas vue. C'est sa façon de me dire que je lui ai manqué.

— Je ne sais pas si tu es au courant, mais la calvitie est principalement héritée de la mère. Tu ne peux t'en prendre qu'à toi-même.

Je l'embrasse et la serre dans mes bras. À moi aussi, elle a manqué. Voilà plus de dix ans que je suis parti de la maison, et nous nous voyons finalement assez peu. Mais elle ne m'en fait jamais le reproche. Rien, même pas un peu de chantage affectif si je ne viens pas la voir pendant un long moment, ou si je ne l'appelle pas. Elle me dit qu'elle sait ce que c'est, qu'elle a été jeune elle aussi et que d'ailleurs elle n'aurait pas tant de choses à me raconter que ça.

Il est rare que nous nous retrouvions en dehors de chez elle. Ma mère n'aime pas voyager loin, encore moins pour aller dans une grande ville. Elle n'a pas compris pourquoi j'ai déménagé à Paris après mes études. Ce n'était pas un choix calculé et délibéré. Simplement une occasion qui s'est présentée. Je cherchais un stage, cette entreprise cherchait un stagiaire, nous étions faits pour nous entendre. À la fin de mon stage, l'entreprise cherchait un employé et moi je cherchais du travail. Ce fut un mariage de raison. La passion n'était pas, mais alors pas du tout au rendez-vous. Mais j'aimais bien la routine. La tranquillité. L'absence de drames. Je ne sauve pas des vies, je pense même que je ne sauve rien du tout et, sans chercher à être mélodramatique, je ne suis pas certain de savoir si je suis d'une utilité absolue à la société. J'avance. À mon rythme. Sans réfléchir. Même si je suis resté solitaire, j'ai fini par suivre le conseil de ma mère et arrêté de tout le temps trop penser, trop planifier, trop me compliquer la vie. Mission réussie. Ma vie est d'un ennui qui touche du doigt l'infini. C'est reposant. J'ai banni les livres une bonne fois pour toutes de ma vie. Je ne sais pas si ça m'a totalement délesté du poids de la honte, mais ça a été ma façon de tourner la page. Si j'ose m'exprimer ainsi. L'ennui est le prix que je suis prêt à payer.

Quand elle vient me voir, elle fait l'aller-retour en train dans la journée et nous déjeunons toujours au même endroit, pas loin de mon travail. J'ai beau lui proposer de prendre un jour de congé pour passer la journée avec elle, elle refuse. J'ai même suggéré de l'héberger, et elle a carrément ri. Alors je chéris ces quelques instants dans cette brasserie choisie pour sa proximité géographique, si bruyante qu'elle sert aussi de test d'audition grandeur nature.

— Désolé, maman, je suis en retard. Une sombre histoire de carte d'anniversaire à valider.

— Le travail avant tout ! Au moins, tu t'es intégré.

Oui. Peut-être. Je ne sais pas. Nous prenons le temps de lire la carte, que nous connaissons déjà, et de commander, tout en gardant un silence relatif. Les silences n'ont jamais été gênants entre nous. Ils font partie du paysage. Un héritage du temps où je devais me faire le plus discret possible pour la laisser lire, j'imagine. C'est notre façon un peu bancale d'échanger. Les yeux, un sourire peuvent en dire bien plus que des mots. Je trouve d'ailleurs les siens un peu fatigués, aujourd'hui, un peu fuyants aussi.

— Tout va bien ?

— Ça va, oui. Alors, tu prends quoi ?

Quelque chose cloche. C'est évident. Ma perspicacité laisse souvent à désirer, mais je connais ma mère. Le plus alarmant, c'est l'absence de sarcasmes depuis sa remarque sur mes cheveux. Elle n'a même pas cherché à en savoir plus sur la carte, alors que c'était un sujet en or.

Le repas se poursuit, les sujets de conversation s'enchaînent (elle cherche à en savoir plus sur ma vie privée, et moi je fais tout pour éviter ce terrain. C'est un jeu de tir à la corde verbal intéressant.), inexorablement le temps passe, comme toujours, et j'avale ma dernière gorgée de café, signe qu'il est l'heure de retourner au bureau. Je me lève pour récupérer mon blouson quand ma mère retient mon bras.

— Vivian, j'ai quelque chose à te dire.

Voilà le genre de phrase qui alerte mon système nerveux, surtout prononcée avec autant de sérieux. C'est à ranger aux côtés de tous les « il faut qu'on parle » ayant émaillé ma vie sentimentale au fil des ans. Je laisse tomber mon manteau (littéralement, puisqu'il glisse et se retrouve par terre, sans que je le ramasse) et je me tourne vers elle. Mon instinct prend enfin le dessus et ordonne à mes mains de devenir moites et à mon cœur de battre un peu plus vite. Je n'ai aucune idée de ce qu'elle pourrait m'annoncer. Je sais juste que ça ne va pas me plaire.

— Je suis malade, mon grand. Très malade.

Je ne pouvais pas imaginer, dans ce bistrot où nous sommes venus tant de fois, après le genre de déjeuner que nous avons eu tant de fois, que ma vie allait basculer. Dehors, la pluie s'est arrêtée, comme pour atténuer les bruits ambiants et laisser ma mère m'en dire plus.

Tout a commencé par une petite perte de poids, que son généraliste a d'abord mis sur le compte d'un champignon sous la langue. Mais les choses ne se sont pas arrangées, elle a continué à maigrir (voilà quelque chose que j'aurais pu remarquer, quand même, j'ai vraiment le sens de l'observation d'une moule sur son rocher), alors elle est allée passer d'autres examens. Une prise de sang. Une fibroscopie. Une IRM. Un PET-scan. Le verdict est tombé il y a quelques jours. Et il est sans appel.

Cela n'a aucun sens. Je ne veux pas y croire.

La première question qui me vient est « Combien de temps ? », et je n'ai aucune intention de la poser. Pourtant elle flotte, là, entre nous.

— Je suis désolée, me dit-elle en mettant sa main sur la mienne.

Ma mère n'est pas quelqu'un de très tactile. Elle me prenait dans ses bras de temps en temps, et je ne manquais pas de marques d'expression de son amour, mais ces gestes d'affection étaient souvent réservés à des moments particuliers. Par contre, là, non, je ne comprends pas pourquoi c'est elle qui me console, qui s'excuse. Pour rester dans son rôle de mère coûte que coûte, peut-être.

— Tu ne vas pas t'excuser auprès de moi d'être malade, maman.

Ma voix vacille. Pourtant je n'arrive pas à pleurer. Rien ne remonte à la surface.

— Alors maintenant… dis-moi, c'est quoi la suite ?

— Je retourne à l'hôpital demain pour commencer mon traitement.

Au moins, il y a un traitement. C'est que tout n'est pas fichu. C'est qu'il reste du temps. Mais combien ? Jamais je n'oserai aller me renseigner. Ce serait la pire des idées. Ce genre de question n'amène jamais rien de bon.

— Ne t'inquiète pas, Vivian. Ça me rendait dingue de ne pas savoir quel était le problème. Tu vois, désormais, je suis fixée. Y a plus qu'à ! glisse-t-elle avec un sourire.

Comment elle parvient à rester positive est un mystère. Elle n'a jamais su se plaindre. Je soupçonne ma grand-mère d'y être pour quelque chose. Il est des comportements que l'on reproduit inconsciemment. Moi, je ne demande que ça, de ne pas m'inquiéter.

Je n'ai aucune intention de perdre ma mère.

Ce n'est pas prévu du tout.

Nous devions juste nous retrouver pour déjeuner et nous moquer de la carte d'anniversaire de Lucien.

28.

C'est impressionnant, les ressources que l'on trouve, dans ces cas-là. Enfin, je dis « on », mais je parle surtout pour moi. Des ressources qui ne sont pas du goût de tout le monde. Enfin, je dis « tout le monde », mais je parle surtout de ma mère.

Quinze jours suivant le début de son traitement, j'ai sonné à la maison, accompagné de ma petite valise (et de mon fidèle sac à dos), prêt à me menotter au radiateur s'il le fallait pour ne pas être délogé. Je lui ai dit : « Surprise, c'est ton fils préféré ! », elle m'a répondu : « C'est gentil de t'être déplacé, mais je peux encore me débrouiller toute seule, tu sais », et je suis rentré. Puis elle m'a dit que ça tombait bien que j'arrive parce que les placards étaient vides et qu'il fallait que j'aille faire quelques courses.

— Merci, fils préféré.

Et elle est retournée lire sur son canapé. Certaines choses ne changent pas, quel que soit le contexte. C'est rassurant.

En parlant de changement, j'ai constaté qu'il n'était pas si simple de tout plaquer. Il existe des règles à suivre. Or, moi, je suis quelqu'un qui les suit. À la lettre. Je suis celui qui fait un détour pour trouver un passage piéton à emprunter, même quand la rue est archi-déserte. Tout en regardant bien des deux côtés, parce qu'on ne sait jamais. Plutôt que de tout laisser en suspens au travail, j'ai donné ma démission après avoir bouclé mes dossiers en cours, ce qui m'a permis de penser un peu à autre chose. J'ai pu assister à l'anniversaire de Lucien, en revanche on m'a fait comprendre que je prenais tout le monde un peu de court et que jamais ils n'auraient le temps d'organiser un pot de départ. C'était la meilleure nouvelle qu'on m'annonçait depuis longtemps. J'ai soldé mes congés payés pour pouvoir partir encore plus tôt. Le dernier jour, j'ai rangé mes affaires, toutes mes affaires, j'ai passé la manche de mon pull sur mon bureau pour m'assurer qu'il n'y avait plus de poussière et j'ai profité du calme de la pause déjeuner (« Prenez de l'avance, je vous rejoins ») pour filer à l'anglaise. Le lendemain serait un jour comme un autre pour mes collègues, un peu moins pour moi.

Je n'avais pas prévenu ma mère, histoire de ne pas lui donner une occasion de m'interdire d'être là pour elle. J'ai été le premier surpris par cette initiative. J'ai fait exprès de débarquer un samedi, pour ne pas éveiller les soupçons. Qu'elle s'imagine que ce n'est qu'une visite de courtoisie du week-end avant que son fils préféré ne retourne sauver le monde (je ne suis pas certain qu'elle comprenne elle non plus en quoi mon travail consiste).

Son instinct maternel a dû mettre tout ça sous le tapis parce qu'elle a attendu jusqu'à aujourd'hui, à savoir mardi, pour me demander pourquoi je ne retournais pas à Paris.

— T'inquiète, dis-je de manière évasive, attendant qu'elle pose ses lettres au Scrabble.

Je ne sais pas pourquoi j'accepte de jouer contre elle. Je n'ai pas souvenir d'avoir remporté une seule partie de ma vie.

Elle pousse ses lunettes sur le bout de son nez comme pour mieux me regarder de ses yeux perçants.

— Ce n'est pas une réponse, ça

— Non, mais c'est bon, c'est réglé.

Au moins, je peux faire semblant d'être intensément concentré sur mon jeu. Sauf qu'elle n'est pas dupe. Je suis obligé de cracher le morceau.

Ça fait longtemps que je n'ai pas vu ma mère si en colère. Et encore, elle est affaiblie par le traitement. Elle me dit que je suis irresponsable, pour une fois que j'arrivais à rester cinq minutes en place, j'envoie tout balader, que c'est un petit monde, et que ça se saura, et bon courage pour retrouver du travail, etc., etc.

Mais je sais que c'est la chose à faire. Moi aussi, j'ai le droit d'avoir un instinct maternel. Une fois qu'elle a fini de vider son sac, elle me lance, au comble de l'exaspération :

— Et puis pioche, bon sang, si tu ne trouves pas de mot, on ne va pas y passer la nuit.

À cet instant, je le vois, ce sourire en coin qu'elle peine à dissimuler lorsqu'elle est en colère mais pas trop. Ça veut dire que c'est gagné, je vais pouvoir défaire ma valise et m'installer le temps qu'elle aille mieux, le temps qu'elle n'ait plus besoin de moi.

Au moment d'entrer dans mon ancienne chambre pour aller dormir, après avoir inévitablement perdu au Scrabble, ce jeu que je soupçonne d'être truqué, j'entends ma mère m'appeler de la pièce adjacente.

— Tu viens me dire bonne nuit ?

C'est un piège. Une ruse pas bien subtile pour m'appâter dans ce lieu que j'évite à tout prix depuis ce fameux jour à la bibliothèque municipale.

— Viens, toi, plutôt.

— Ne sois pas ridicule. Allez.

Ma mère possède cette autorité naturelle qui sape toutes mes velléités de rébellion. Lorsqu'elle utilise l'impératif, elle ne me laisse pas le choix. Alors je m'arme de courage et je franchis le palier.

Je déteste cette partie de la maison de toute mon âme. Autant que ma mère l'adore. Elle continue d'y passer des heures, principalement sur le fauteuil où elle se trouve à présent. Tous ces livres qui me toisent, me jugent, tous ces livres qui m'ont tellement déçu. Cela peut paraître ridicule, de haïr autant des objets inanimés, mais il fallait bien que je concentre ma colère et mon humiliation sur quelque chose. Je ne pouvais pas les détruire, même si l'idée m'a traversé l'esprit. Je n'ai aucun droit sur eux. Et puis ma mère aurait sans doute fait disparaître mon corps sans autre forme de procès. Je leur ai donc laissé la vie sauve, mais en leur tournant le dos à jamais. J'espère qu'ils vivent particulièrement mal mon indifférence à leur égard. C'est bien fait pour eux.

Ma mère est en train de siroter un verre de vin blanc (son alcool de choix) tout en lisant quelques pages d'un roman. Je détourne le regard pour n'en voir ni la couverture ni le titre. Je ne veux pas lui donner cette satisfaction, à ce livre.

— Tu dirais que tu as été heureux, ici ?

Voilà autre chose. Ce n'est pas tous les jours qu'elle amène nos discussions sur un terrain aussi personnel.

— Ici où ? Dans cette pièce ? Dans cette maison ? Dans cette ville ? Dans ce pays ?

Quand je ne sais pas comment réagir, je fais mon malin, avec l'humour comme carapace. Cela étant, je ne vois pas bien où elle veut en venir. Comme je trouve désagréable d'être debout face à quelqu'un d'assis, je me pose en tailleur sur le tapis.

— Tu sais, j'ai bien compris qu'il s'était passé quelque chose de grave, ce jour-là, quand tu étais en primaire. On ne tourne pas le dos à la littérature sur un coup de tête. Mais tu as choisi de ne pas m'en parler, et je le respecte.

Ce serait le moment ou jamais. Les conditions sont réunies. J'ai toujours tout dit à ma mère. Enfin, presque. En tout cas, je ne lui ai plus menti après l'école primaire. Même quand elle m'a vu revenir de la bibliothèque municipale en pleurs et dans une colère noire, je n'ai pas cherché à inventer une histoire bidon. Elle a compris et m'a juste dit que je pourrais lui en parler le moment venu. Le moment n'est jamais venu. Le moment pourrait être maintenant, mais je ne m'y résous pas. Je n'ai aucune envie de revivre cet épisode. Je pense qu'une partie de moi craint aussi que ma mère trouve ma réaction disproportionnée, et cette aventure finalement assez ridicule. Je n'ai aucune envie qu'elle minimise mon traumatisme. C'est le mien. Il m'a construit. Il a fait de moi qui je suis aujourd'hui. Je m'aime bien, aujourd'hui. Enfin, je crois. Il faudrait que je me penche sur la question.

— En fait, je pensais à ici, à cet endroit où tu as grandi, loin de la ville. Je me sens responsable puisque je l'ai choisi pour nous deux.

J'ai adoré habiter ici. J'ai adoré la vie qu'elle nous a donnée. Si tout était à refaire, je ne changerais rien. Si ce n'est que j'accepterais d'être au premier rang pour la photo de classe, pour éviter d'être envoyé chez la directrice. Pour éviter tout le reste. En dehors de ça, j'ai des souvenirs à ne pas savoir qu'en faire. Ce village est un peu étriqué pour l'adulte que je suis devenu, mais il était parfait pour l'enfant que j'étais. Ce que je ne manque pas de lui dire.

— Mais pourquoi tu veux savoir tout ça ? Tu sais très bien qu'on a été heureux, ici, toi et moi.

— La maladie me force un peu à faire le bilan, j'imagine.

Je me suis promis d'affronter cette épreuve avec elle, en respectant ses choix. Mais ce n'est pas toujours facile de faire comme si de rien n'était. La boule dans ma gorge m'empêche de m'exprimer, alors je la laisse continuer. Sentant que l'atmosphère est devenue un peu pesante, elle se lève de son fauteuil, son verre toujours à la main, et me demande d'un ton espiègle :

— Si tu avais le choix d'habiter n'importe où en France, tu irais où ? Si tu n'avais aucune contrainte d'argent ? Aucune contrainte de travail ? Aucune contrainte familiale ?

En voilà une question. Mes choix de vie se sont enchaînés sans heurt. J'ai déménagé assez rapidement parce que j'avais besoin d'indépendance, mais je n'ai jamais cherché à mettre de la distance avec ma mère. J'en ai eu l'occasion, pourtant. Celle d'aller travailler à l'étranger, notamment. Mais il n'en a jamais été question. Comme si un fil invisible me retenait ici. Je note que sa question ne concerne que la France.

— Je suis très bien dans le coin, moi. Pourquoi, tu comptes déménager ?

— Je parle de toi, Vivian, pas de moi. Allez, c'est pas comme si on n'avait pas voyagé, toi et moi ! Il doit bien y avoir un endroit qui t'a plu en particulier.

Elle désigne alors la carte de France affichée dans sa pièce. Une carte qui jure avec le reste de la décoration, épuré, élégant. Sa bibliothèque a été faite sur mesure, et chaque meuble, chaque accessoire est à sa place. Les couleurs et les matériaux sont en harmonie, ainsi que les peintures et les quelques cadres. Pourtant, cette vieille carte pleine de pliures est accrochée au centre d'un mur depuis toujours. Elle est jonchée d'épingles de couleur qui représentent chacune une ville que nous avons visitée. Il lui arrivait souvent, sur un coup de tête, d'improviser un week-end quelque part. Il suffisait qu'elle lise un article sur un village reculé ou qu'elle entende parler d'une exposition qui l'intéressait, et elle m'emmenait avec elle. C'était rarement de très longs trajets, mais ils égayaient la routine. Je me demande à quel point cela a contribué à faire de moi un enfant solitaire, au sens où ces week-ends me fournissaient un prétexte en or pour décliner les invitations de mes camarades. Aujourd'hui, je n'échangerais ces moments pour rien au monde. Chaque tête d'épingle raconte un souvenir.

Quoi qu'il en soit, je ne sais pas quoi répondre. C'est incroyable à quel point je suis devenu casanier, adulte. J'ai passé mon permis dès que j'ai pu, poussé par ma mère, qui me l'a offert, mais je n'ai jamais possédé de voiture. Il n'est pas dit que je saurais encore conduire. Mais dès qu'elle sera remise sur pied, je l'emmènerai où elle voudra. Ça fera une épingle de plus. Une infinité d'épingles, même. J'aime bien la notion d'infini, par les temps qui courent.

Ma mère ouvre un tiroir de son bureau. Elle en sort une nouvelle.

— Puisque tu n'as pas l'air de vouloir te décider, je vais le faire pour toi !

Elle se met face à la carte, ferme les yeux, fait tournoyer sa main trois fois en l'air, et elle plante cette nouvelle tête orange au hasard. Quelque part loin de tout. Elle ouvre les yeux et se met à rire.

— Voilà ton endroit idéal ! Tu aurais mieux fait de choisir toi-même. Que ça te serve de leçon.

Elle venait, sans le savoir, de changer ma vie. Une fois de plus.

29.

L'espoir est une drogue. Je m'en nourris. Jour après jour, je cherche des signes d'amélioration auxquels m'accrocher. Mais je vois bien que ma mère faiblit. Elle est maigre comme un oiseau. J'essaie de la forcer à manger, de lui préparer des petits plats. Je suis en pleine phase de déni. Les médecins se gardent bien de donner des statistiques, des échéances. Ils disent que ça dépend, qu'on ne peut rien savoir, mais que le corps humain peut être surprenant. Je m'accroche à la moindre information rassurante et continue de perdre, soir après soir, au Scrabble. Ma mère refuse de rester enfermée et insiste même pour prendre la voiture. Je lui propose de conduire à sa place, mais je lis dans son regard que ce n'est pas une option. Elle peut se débrouiller seule. Elle est habituée. La fatigue se rappelle à elle assez rapidement, donc ces escapades sont de courte durée, mais elles n'en sont pas moins salutaires. Elle marche de plus en plus lentement et refuse de prendre mon bras. Elle est extrêmement frustrée par ce corps qui la lâche petit à petit, alors que son esprit est toujours aussi vif. Je voudrais l'aider. Je serais prêt à échanger mon corps avec le sien. Enfin, non. Ce serait bizarre. Mais j'aimerais la soulager, parfois, et souffrir à sa place. Hier, nous étions sur un banc, en bordure de forêt, face à un étang, pour prendre l'air. L'automne se prépare. C'est ma période préférée de l'année. Par esprit de contradiction, déjà, parce que c'est moins cliché que le printemps ou l'été. Mais aussi parce que la nature se fait sentir une dernière fois avant d'hiberner. Elle sait qu'elle reviendra, majestueuse, dans quelques mois et nous offre avant ça ses plus belles couleurs. Moi, je n'en suis jamais sûr, c'est pour ça que j'en profite. J'ai eu une période dans ma vie, lorsque j'étais adolescent, où j'étais intimement convaincu qu'à n'importe quel moment le soleil pouvait s'éteindre, et nous avec (enfin, moi, surtout). Cette grosse boule d'hydrogène tout là-haut dont nous dépendons ne me semblait pas fiable pour un sou. Alors, chaque matin, je me réveillais et fonçais vers mes rideaux pour vérifier qu'il était toujours en place, ce gros machin bouillant. L'existence de l'humanité ne tient qu'à un fil. Celle de ma mère aussi. Sur ce banc, donc, nous ne parlions pas et nous contentions de regarder droit devant nous. Ma mère a soudain posé sa tête sur mon épaule, dans un geste d'affection ultime, et m'a dit qu'elle m'aimait. Je ne sais même pas si je lui ai répondu, tellement j'avais la gorge nouée. J'ignorais qu'il était possible de ressentir les choses aussi fort, que le cœur déborde à ce point. Je sais que ma mère m'aime. Je n'ai pas manqué de tendresse dans mon enfance. Mais elle n'avait jamais prononcé ces trois petits mots devant moi.

Je t'aime.

Je t'aime aussi, maman.

Nous étions en pleine nature hier et nous voilà à l'hôpital aujourd'hui.

J'ai dû appeler une ambulance ce matin : elle a fait un malaise alors qu'elle buvait son thé. Les médecins m'avaient prévenu qu'ils souhaitaient la voir à la moindre perte de connaissance. Elle est vite revenue à elle et m'a interdit avec véhémence de passer l'appel. Dans ces cas-là, mon allégeance va à sa santé. Pas à son autorité.

Une fois sur place, alors que j'accompagnais son brancard, je lui ai dit que ce n'était qu'un contrôle de routine et qu'elle serait de retour à la maison dans quelques heures, que je préparais le plateau de Scrabble et que j'avais bien l'intention de gagner, cette fois-ci. Même s'il fallait tricher pour ça. Elle a souri. Elle sait qu'elle est imbattable.

Elle n'est pas rentrée, ce jour-là.

Ni les suivants.

Son état s'est dégradé et il a fallu la garder sous surveillance.

C'est bizarre, d'être seul dans la maison. C'est un lieu qui ne fait plus partie de mon présent. Sans ma mère, ce n'est qu'une coquille vide chargée de souvenirs. Voilà pourquoi je préfère passer mes journées à l'hôpital, à ses côtés. Si je le pouvais, j'y dormirais aussi. Malgré l'odeur. Malgré les bruits. Malgré ces néons qui clignotent sans cesse. L'hôpital est à plus d'une heure à pied. Je pourrais conduire ou prendre le bus, mais je préfère marcher. C'est une activité qui remet mes pensées à leur place, dans le bon ordre. Les allers sont plus simples que les retours. La promesse de retrouver ma mère laisse place à la tristesse de la laisser, après avoir été confronté toute la journée à sa maladie. Moi, je veux bien être en plein déni, mais la réalité n'en est pas moins dure à encaisser pour autant.

Pour l'aider à passer le temps, je n'ai eu d'autre choix que d'aller lui chercher des livres. Dans sa bibliothèque. J'ai dû affronter ces milliers, ces millions de pages qui me regardaient de haut. Toutes ces fictions, tous ces mensonges, toutes ces histoires qu'on se raconte. De rage, j'ai jeté un livre contre le mur. Comme si ça allait réparer l'injustice de voir ma mère m'être arrachée, apaiser le sentiment de voir mon âme partir en lambeaux. Je me suis assis sur le fauteuil, j'ai regardé la carte de France et je me suis mis à pleurer. J'ignorais que j'en étais capable à ce point. Peut-être que mon chagrin a été mis en bouteille trop longtemps, alors tout a jailli d'un coup. Les verrous de mon déni sont lentement en train de sauter.

Je suis allé ramasser ce livre qui finalement ne m'avait rien fait et je l'ai rangé à sa place. J'ai mis une dizaine de titres dans mon sac à dos et je les ai portés jusqu'à l'hôpital. Je ne sais pas si c'est un symbole de quoi que ce soit, mais je trouvais important d'en sentir le poids sur mes épaules. Mes cervicales m'ont remercié de les en libérer enfin en arrivant, après cette longue marche. Ma mère a semblé heureuse des livres choisis, ce qui était le fruit du hasard le plus total.

— Il y a rarement du hasard, tu sais, quand on choisit des livres. Ils sont dans ton sac pour une raison. Tiens, regarde. Tu as pris *Cujo*. Tu devrais le lire, ça te plairait.

Me voilà à côté d'elle pendant qu'elle lit par intermittence. Lorsqu'elle est en forme, il lui arrive d'avaler des pages pendant des heures et des heures, sans interruption. Cette capacité de concentration, cette façon d'être absorbée m'ont toujours fasciné. Voilà le réel secret que je cherchais à percer avec la fille du banc. Comment s'appelait-elle déjà ? Je ne sais même plus. Je ne l'ai plus revue après la primaire. Nous ne sommes pas allés au même collège. Je crois même qu'elle a redéménagé peu de temps après. Je me surprends à l'observer, ma mère, tandis qu'elle tourne les pages les unes après les autres. Je n'avais jamais fait attention à la vitesse à laquelle elle lit. Une vraie machine. Je ne m'aviserais pas de tenter la même chose à la maison. Surtout pas, de toute façon. Lorsqu'elle s'endort sur une page, elle sourit en me voyant à son réveil. Puis reprend, le plus naturellement du monde, où elle en était, après avoir nettoyé ses lunettes. J'ai envie de lui demander si elle songe aux livres qu'elle ne pourra jamais lire, mais je n'ose pas. Je ne peux pas. Je sais qu'elle me répondrait que seul le présent compte et qu'elle emmène avec elle des milliers d'histoires. Les fantômes que l'on met au conditionnel ne l'intéressent pas. C'est un bon conseil, ça. Je vais me focaliser sur le présent. Le futur n'augure rien de bon.

Hier, j'ai eu droit à LA conversation avec le médecin de ma mère. J'étais dans sa chambre, lui tenant la main pendant qu'elle dormait, quand il a demandé que l'on s'entretienne. Dans une pièce isolée. Avec une porte qui ferme. Et des fauteuils confortables. Dans un hôpital, c'est rarement bon signe. Jusque-là, je recueillais des informations tant bien que mal en parvenant à lui parler entre deux patients, debout dans le couloir, attrapant au vol des phrases que je ne comprenais pas toujours, prononcées à très grande vitesse. Sauf que là, installé sur ce fauteuil, mes sens étaient en alerte. Quelque chose n'allait pas. Le débit de paroles du médecin était trop lent, trop articulé. Dans le brouillard de l'instant, j'ai compris l'essentiel. Les médecins et ma mère avaient décidé, d'un commun accord, d'arrêter le traitement. Il n'était plus efficace et n'entraînerait que souffrances et inconforts inutiles. Il était temps de passer aux soins palliatifs. Il était désolé, voulait savoir si j'avais des questions et s'efforçait de ne pas regarder sa montre toutes les trente secondes. J'étais sonné. Ce n'est pas tous les jours qu'on vous ôte l'espoir. J'avais évidemment mille et une questions. Mais je n'ai pas osé le retarder. Peut-être restait-il de l'espoir pour quelqu'un d'autre, quelque part, qui nécessitait son intervention.

Je profite encore plus de chaque instant. Chaque seconde. Je me calque sur l'humeur de ma mère, qui semble toujours bonne. Je ne sais pas où elle puise sa force. Son courage. C'est ce qui me permet de tenir, je pense. Je réagis par mimétisme. Comme elle sourit, alors moi aussi. L'ambiance est moins lourde que ce que j'aurais pu imaginer. Nous parlons de tout et de rien. J'ai même apporté un plateau de Scrabble, au cas où. Mais elle est trop faible pour jouer, et je vois son état se dégrader jour après jour. Je garde mes œillères et regarde droit devant. Mon seul rôle est d'être présent. Ma mère dit qu'elle ne souffre pas et, d'après le personnel soignant, c'est vrai. C'est déjà ça. Lorsque je l'ai quittée, tout à l'heure, alors que je l'embrassais en tentant comme toujours de ne pas me prendre dans les tubes, elle m'a glissé tout doucement à l'oreille : « Ça va aller. » Je ne sais pas si elle parlait d'elle ou si elle parlait de moi. Je lui ai souri, je lui ai répondu : « Je sais. » Je ne sais pas si je parlais d'elle, ou si je parlais de moi. En réalité, dans un cas comme dans l'autre, je n'en ai aucune idée. Mais ma mère a toujours tout su mieux que moi, de toute façon.

Ce matin-là, c'était le cœur un peu lourd que j'avais préparé mes affaires pour aller à l'hôpital. Le temps était très orageux, et l'idée de marcher dans le froid, sous la pluie, n'était pas des plus réjouissantes. Mais le principal, c'est que c'était une journée de plus. C'est alors que le téléphone a sonné.

C'était l'hôpital.

C'était fini.

Ces dernières semaines, ces derniers mois m'ont appris qu'il est impossible de se préparer à un deuil. Il faut le vivre pour le savoir, vivre ce mélange d'angoisse quotidienne et de volonté de profiter de chaque instant tout en sachant la fin inéluctable. Je peux simplement dire que je ne me suis jamais senti aussi proche de ma mère et qu'elle fait encore plus partie intégrante de moi, à présent.

Après les obsèques, je me retrouve pris par la gestion des affaires courantes. L'administratif ne me dérange pas. J'aime la logique de ses rouages et, pendant que je remplis des papiers, je ne pense à rien d'autre. Je comprends vite qu'il serait absurde de rester dans cette maison. Elle déborde de souvenirs, et elle est trop grande pour moi. Alors je commence à la vider. Petit à petit. Meuble par meuble. Fourchette par fourchette (c'est fou ce qu'elle avait accumulé comme couverts, pour quelqu'un qui ne recevait pour ainsi dire jamais d'invités). Tapis par tapis. Ces lieux deviennent une coquille vide, sans âme, avec des pièces qui semblent rapetisser à vue d'œil. Et, étonnamment, cela me laisse assez insensible.

Enfin, presque.

Il me reste la bibliothèque.

Allons bon, qu'est-ce que je vais pouvoir en faire, moi, de ces milliers de livres ?

Je monte à l'étage en direction du sanctuaire de ma mère. Au risque de me répéter, je déteste ces bouquins. Je passe devant tous les soirs avant d'aller me coucher. Je sais bien que je vais devoir m'en occuper. Le plus simple serait sûrement de les donner. De tout mettre sur le trottoir avec un panneau « Servez-vous (par pitié) ». Mais j'ignore s'il existe dans ce pays suffisamment de cartons pour contenir autant de livres. Si je mettais tous les livres bout à bout, l'un derrière l'autre, à mon avis je ferais le tour du monde. Présentement, je manque un peu d'élan à l'idée de faire le tour du monde à pied. Alors je procrastine. J'ouvre la porte, je soupire parce que, quand faut y aller, faut y aller, et j'aperçois le sac à dos dans lequel se trouvent les romans que j'ai apportés à ma mère à l'hôpital. Je les ai récupérés en même temps que le reste de ses affaires, tel un automate dans un entrepôt, et j'avais complètement oublié que je l'avais déposé ici. Enfin, « jeté » serait un terme plus approprié. Je sors les livres de mon sac pour les remettre à leur place. Ce n'est pas très logique, puisqu'il faudra bien que je les enlève à un moment ou à un autre, mais ça m'embête de les savoir mal rangés. Au moment de poser *Cujo* dans la section consacrée à Stephen King, un morceau de papier plié en deux s'en échappe et virevolte avant de s'échouer sur le tapis. Sûrement une feuille blanche qui a dû lui servir de marque-page. Je l'ouvre et y découvre l'écriture de ma mère, en lettres capitales. Elle ne parvenait plus à écrire de manière cursive à cause des tremblements. Alors elle optait pour des lettres tracées un peu maladroitement, une à la fois, lentement, péniblement.

ILS SONT À TOI. TOUS. FAIS-LEUR CONFIANCE. JE TE LAISSE LEUR TROUVER UNE PLACE.

Je m'assois par terre et pleure de longues minutes. Je ne sais combien de temps s'écoule ainsi, alors que mes larmes inondent la bibliothèque, mais lorsque je me relève, je me retrouve nez à nez avec cette improbable carte de France bariolée d'épingles. Notamment face à la dernière placée. Avec sa tête orange.

C'est à ce moment-là que l'idée me vient.

Je fouille un peu partout, à la recherche de ce qui rendrait possible ce projet un peu fou, et c'est en ouvrant un placard qui se situe en bas de la bibliothèque que je trouve enfin ce qui constituera mon bien le plus précieux : des dizaines de carnets, parfaitement alignés, parfaitement indexés. Parfaits résumés d'une vie entière de lecture.

30.

C'est la première fois que je parle autant de manière ininterrompue. Je m'empare d'une bouteille d'eau et me verse un grand verre, que j'engloutis en attendant que quelqu'un prenne la parole. Mais c'est le silence absolu. Un silence de communion. Cela étant, je n'ai presque pas levé les yeux en racontant mon histoire. Si ça se trouve, personne n'a écouté. Ils sont peut-être tous en train de penser à leur liste de courses ou de se demander si le gaz à la maison est bien fermé. Ils communient autour de leur peur commune de faire exploser leur foyer.

— Voilà donc pourquoi je me retrouve aujourd'hui parmi vous. Je souhaitais que chaque livre trouve une seconde vie auprès d'un lecteur qui saurait s'en occuper plutôt que de croupir dans un carton. Je dirais que le hasard a bien fait les choses.

Une fois mon verre fini, les joues rouges, je leur offre un sourire un peu gêné et lève enfin les yeux.

— Vous savez tout... Notamment que je suis un escroc qui, depuis le départ, n'a aucune idée de ce qu'il vend. Bon ! À qui le tour de raconter une anecdote au sujet de Marie-Anne ?

Il faut croire qu'ils étaient tous attentifs parce que, dans un grand branle-bas de combat de chaises, la ronde s'est transformée en un drôle de défilé. Chacun est venu m'apporter une marque de soutien, un geste d'affection. Sylvie m'a serré contre elle en me disant de ne plus faire mon timide tandis que d'autres se sont contentés d'un sourire rassurant. Alice m'a gratté l'épaule (elle n'est pas des plus tactiles) et apporté une part de brownie.

Robert, quant à lui, m'a entouré de son bras tout en me serrant vigoureusement.

— C'est une histoire qu'elle aurait adorée, mon gars. Elle ne s'était pas trompée à ton sujet. C'est l'humain, qui compte. Le reste, le côté technique, on s'en fout.

Je ne sais pas ce que cela veut dire, mais cela me touche énormément. Je ne vais pas tomber dans le cliché de la seconde mère que j'aurais trouvée en Marie-Anne, mais je ne peux pas tout à fait m'empêcher de faire le parallèle. Une seconde mère, moins sarcastique et plus ouverte, mais animée du même amour pour la littérature.

Les conversations se sont poursuivies pendant quelques heures encore, chacun oubliant un temps ses obligations quotidiennes. Les larmes ont laissé la place aux rires et j'ai été heureux de ce moment de partage avec les villageois. Beaucoup sont restés pour m'aider à ranger afin que la librairie soit présentable demain. C'était peut-être ça, la motivation qu'il me fallait pour poursuivre jusqu'au bout mon entreprise. Ce regain de confiance. Ce sentiment d'appartenance. Je n'ai jamais fait partie d'une bande. D'un clan. Ni même d'une équipe. Je m'intégrais tout en restant bien à la périphérie. C'est une mécanique d'autodéfense que j'ai renforcée tout au long de ma vie. J'ai pris exemple sur ma mère, qui n'avait jamais besoin de personne, qui ne demandait jamais d'aide et ne se plaignait jamais. Jusqu'au bout de la douleur. J'aurais aimé pouvoir lui demander, dans ses derniers instants, si elle avait peur. Qu'elle sache que j'étais là, moi aussi, que les rôles parent-enfant peuvent parfois s'inverser.

À présent, de nouveau seul, je regarde les étagères presque vides autour de moi, un verre de bière à la main. Mon stock a fondu aujourd'hui. À cause de mes révélations, les habitants ont pioché dedans allègrement, par solidarité. Quitte paradoxalement à accélérer mon départ (je pars du principe qu'ils souhaiteraient que je reste). J'ai failli leur avouer mes intentions, d'ailleurs. Que dans quelques semaines je serai parti. Que ce chapitre de ma vie serait bientôt terminé. J'ai l'impression de mentir à mes amis. Même par omission. C'est dur. Mais il n'était pas question de moi, aujourd'hui. Il était question de Marie-Anne.

Je prends alors le temps d'aller chercher les quelques dizaines de carnets écrits par ma mère, ces alliés si précieux depuis le début de l'année, alors même que je les voyais plutôt comme un mal nécessaire. Mon homéopathie, en quelque sorte. Je les vois enfin comme le trésor qu'ils représentent. Un héritage inestimable que j'aurais tort de renier. Je m'assois à une table, j'ouvre le premier d'entre eux, et je me laisse emporter par la voix de ma mère, qui m'envahit au fur et à mesure que je lis ses mots, comme s'ils sortaient directement de sa bouche. Même si je dois déployer des efforts de concentration pour déchiffrer ses hiéroglyphes, je ne m'arrête qu'une fois la dernière page du dernier carnet refermée. Je prends soudain conscience qu'il n'y en aura plus jamais d'autres. Que ce dernier, celui de l'année passée, restera à jamais à moitié rempli.

Je repense à cette journée, à ce que j'ai accompli, à la personne que je suis malgré tous mes défauts, et je me dis que ma mère a été exemplaire. À sa façon. À moi d'être à la hauteur à présent. Quel que soit mon chemin à venir.

Je ne prends même pas la peine de monter me coucher.

Il va bientôt être l'heure d'ouvrir la librairie.

31.

Il m'a fallu quelques instants pour associer le son qui venait de résonner à la sonnette de l'appartement. Il faut dire que je ne l'avais jamais entendue. Je suis un peu déçu. Elle manque de panache. L'effet de surprise passé, je descends ouvrir la porte de la librairie, fermée pour raison dominicale. Je trouve Robert fumant une cigarette sur le palier, avec sa casquette préférée sur la tête. Un jour, je lui ai demandé pourquoi c'était sa préférée. Il m'a répondu que c'était la seule en sa possession. C'est d'une logique implacable. Il s'appuie sur une canne avec la main droite. C'est la première fois que je le vois avec.

— Salut, Vivian. Dis-moi, mon gars, t'es occupé ? J'ai un service à te demander.

Il devait se douter que mes activités du dimanche matin en cette fin du mois de novembre ne seraient pas d'une importance capitale, sinon il n'aurait pas enchaîné aussi rapidement après sa première question. Je ne peux que lui donner raison, puisque j'étais en train de trier mes chaussettes afin de déterminer s'il était judicieux d'en garder autant avec des trous, surtout à l'approche de l'hiver.

— Vaguement… Mais, pour toi, je peux bien m'octroyer une pause.

Ce n'est pas tous les jours que j'ai l'occasion de passer pour un héros, autant saisir ma chance.

— Tu me dis, hein, ça peut attendre.

— Non, non, mes chaussettes s'en remettront, ne t'en fais pas.

Je suis un héros qui ne sait pas mentir. Pas sûr qu'on me donne une cape pour ça. Ni une casquette.

Robert m'explique qu'il s'est foulé la cheville. Il en veut pour preuve, au cas où il m'en faudrait une, cette canne avec laquelle il est venu. Sauf que voilà : il doit déposer certaines affaires de Marie-Anne auprès d'une association, à quelques kilomètres de là. Robert a décidé d'aller vite après le décès de sa femme. Hors de question de rester dans leur maison. Il l'a déjà mise en vente et a repéré un appartement dans le centre (c'est l'avantage du village, tout est plus ou moins dans le centre) qui lui irait très bien. En attendant que tout se règle et se goupille, il trie, il donne, il prépare. Il a même loué le camion avec lequel je suis arrivé, et je souris toujours en l'apercevant garé devant chez Robert lorsque je passe le soir pour lui tenir un peu compagnie. Enfin, ça, c'est mon excuse. En réalité, je suis simplement heureux de passer du temps avec lui. Je ne savais pas qu'il était possible d'abriter autant d'alcools différents sous le même toit. « Il faut vider le bar, me dit-il chaque soir, ça me fera ça en moins à déménager. » Alors nous trinquons.

L'idée de reprendre le volant de cet engin de la mort ne m'enchante que moyennement, mais je n'hésite pas un instant. C'est ce que font les amis. Ils s'entraident, même sans être enchantés. Parce que la question ne se pose pas.

— Elle est où, cette association ?

OK, certaines questions ne se posent pas. Mais d'autres méritent des éclaircissements.

— Pas loin. Je te dirai. Allez, viens.

En marchant, pour moi, et en claudiquant, pour lui, en direction de chez lui, nous passons devant le centre-ville, étonnamment désert. En général, à cette heure-ci, le dimanche, les rues (enfin, la rue) sont vivantes. Peut-être sont-ils tous passés chez Robert la veille pour enfin finir de vider le bar. Je jurerais néanmoins apercevoir le sac à dos violet d'Alice, au loin. C'est probablement une illusion. Alice ne connaît pas le principe du dimanche matin.

— C'est bien, me dit Robert en regardant le ciel, il fait gris, mais au moins il ne pleut pas.s

Je ne vois pas pourquoi il me parle de la météo, même s'il est vrai que décharger des cartons sous la pluie n'est pas mon activité préférée.

Dès que nous arrivons à destination, j'ouvre la portière du camion et je m'installe sur le siège conducteur. Robert n'avait pas fermé à clé. Ce n'est pas le genre de la maison. Ce n'est pas le genre du village. C'est décidé, dès demain, j'arrête de fermer la librairie à clé. Pour ce qu'il y a à voler, de toute façon… Je me demande même s'il y a déjà eu, dans toute l'histoire de l'humanité, un cas de casse dans une librairie.

De vol à grande échelle. Côté manutention, ça ne vaut pas le coup.

Je n'ai aucune espèce de légitimité pour tout ce qui touche de près ou de loin à la mécanique. Il m'est déjà arrivé d'ouvrir le capot de la voiture de ma mère lors d'une panne, comme si l'inspiration allait me venir d'un coup. « Mais c'est bien sûr, ça vient du joint du bras du carburateur, il faut couper le fil bleu. À moins que ce ne soit le fil rouge. » Je refermais ensuite ce capot pour appeler le garage. Au moins, j'aurais essayé. Toujours est-il que, quand j'ai loué ce camion il y a une éternité pour venir ici, il a fallu que je le rende avec un réservoir plein. J'ai passé quinze bonnes minutes à faire le tour du camion, à la station-essence, à la recherche du bouchon du réservoir. J'ai tellement tourné autour que je pense avoir remonté le temps brièvement (oui, comme Superman). Las, je suis allé voir à l'intérieur de la station si quelqu'un pouvait m'aider. Ça n'a pas loupé. Je ne sais pas quel examen on passe pour travailler ici (j'imagine qu'il y a un concours qui implique des bouchons d'essence), mais ils connaissent leur sujet. Le jeune homme a même ajouté, par politesse et pour que je ne me sente pas trop crétin, que c'est vrai que c'est pas évident à deviner, quand on ne sait pas.

Je ne résiste donc pas au plaisir d'étaler mes connaissances sur le sujet. Qu'il sache qu'il ne confie pas cette mission à n'importe qui.

— Tiens, Robert, j'ai une colle pour toi : tu sais où il se situe, le réservoir d'essence sur ce camion ?

— Dans la portière, pourquoi ?

Perdu, Superman.

— Pour rien. Allez, on y va ? Tu me donnes la clé pour que je puisse démarrer ?

— Ouais, je vais les chercher dans la maison, bouge pas.

Où veut-il que j'aille ? En attendant, je m'agrippe au volant comme s'il s'agissait d'une voiture de course. C'est tout juste si je ne crie pas « VROUM VROUM » en même temps. Il faut savoir que je me moque de la puissance mécanique de ces engins. Pour moi, un véhicule sert uniquement à aller d'un point A à un point B sans encombre, si possible, et sans trop appuyer sur l'accélérateur. Lorsque j'ai passé mon permis, j'ai bien senti que ma monitrice n'en pouvait plus de ma lenteur. Et je pense qu'elle en avait vu d'autres.

Bon, le temps est un peu long. Je décide d'aller voir si Robert parvient à remettre la main sur ces clés malgré sa cheville défaillante. Je le trouve assis sur son canapé, en train de lire son journal.

— Tu m'aurais pas oublié, par hasard ?

— Ah ! Vivian ! Justement, j'allais sortir, me répond-il en regardant sa montre.

Je comprends qu'on puisse se laisser distraire. On part pour chercher une agrafeuse quand soudain on aperçoit un papillon, on le suit, puis on croise une luciole et ainsi de suite jusqu'à se retrouver au bord de la mer, à des centaines de kilomètres de son travail et de son placard à fournitures. Ce sont des choses qui arrivent. En revanche, je ne saisis pas trop ce qui a pu mener Robert à la lecture du journal dans le canapé alors qu'il n'avait qu'un jeu de clés à trouver. Enfin, je ne vais pas en faire une affaire d'État. Cet homme est endeuillé, fatigué, et il a soudain ressenti le besoin de s'informer sur les derniers événements locaux. C'est compréhensible. Si l'on veut.

Après ce faux départ, me voici de retour en cabine, en train d'ajuster le siège.

— Au fait, les affaires sont déjà chargées ? T'as pas besoin d'aide pour ça ?

Je suis étonnamment pertinent, parfois.

— J'ai eu le temps de tout mettre dans le camion avant ma blessure. Un truc bête. Dans les escaliers. Crac.

Ça a l'air de faire mal, ce crac.

Je démarre le camion, je pose bien mes mains de chaque côté du volant, et j'attends des instructions plus précises.

— Allez, mon gars, ajoute-t-il, roule.

Quand nous arrivons au niveau de la place du centre-ville, (environ trois secondes plus tard), Robert me demande de me garer. Je ne pensais pas conduire si mal, mais je m'exécute. C'est l'avantage des lieux déserts : il y a toute la place pour y mettre un camion. Je coupe le contact, et Robert me dit que je peux descendre, qu'il a juste une bricole (je cite) à prendre chez un copain, qu'il revient tout de suite. Je ne suis pas pressé. Je suis le flot. On me dit de monter, je monte. On me dit de démarrer, je démarre. Et si je dois descendre, ma foi, je descends. J'espère juste qu'il ne croisera pas un autre journal. Comme je ne sais pas trop quoi faire de mon corps, je m'appuie avec nonchalance contre la portière.

Je regarde cette place, frotte mes mains l'une contre l'autre pour lutter contre le froid, et me dis qu'elle va décidément me manquer. Dans quelques semaines, je ne serai plus là, puisque plus rien ne m'y retiendra. Mon avenir se trouve probablement sur une tête d'épingle de couleur qui n'existe pas encore. J'ai gardé la carte de France de ma mère, d'ailleurs, même s'il a fallu que j'enlève les épingles (après avoir pris soin de faire une photo) pour pouvoir la plier. J'attends le bon moment pour tout remettre en place sur un nouveau mur. Ce qui me fait penser qu'il faut que donne mon préavis, pour le bail. J'espère que les prochains locataires prendront soin des araignées.

— OK, c'est bon, me dit Robert, revenu de je ne sais où. Tu peux venir m'aider ? Avec ma patte folle, je peux vraiment plus rien faire, c'est terrible.

Je le suis sur quelques mètres, dans une rue perpendiculaire, un cul-de-sac assez large. Je n'y vois aucune porte d'entrée.

Dans un premier temps, mon cerveau a beaucoup de mal à analyser ce qu'il se passe. Il voit une banderole. Il voit des cartons posés sur le sol. Il voit beaucoup de monde éparpillé partout. Puis il ne voit plus rien parce que Robert s'est mis juste devant moi et qu'il crie, en même temps que tout le monde :

— SURPRISE !

Il pose alors sa canne contre le mur et m'entoure de son bras.

— Alors ? Qu'est-ce que t'en penses ?

Je ne pense rien. Je n'ai aucune idée de ce qui se trame. Sur la banderole, il est écrit à la main « LA LIBRAIRIE DU VILLAGE », avec un style que je jurerais reconnaître. C'est efficace, à défaut d'être original. On dirait une sorte de vente privée sous forme de vide-greniers où je serais le seul invité. Le VIP ultime. J'aime bien ça, moi, les vide-greniers. J'ai une certaine tendresse pour tous ces objets d'une utilité relative dont les gens cherchent à se débarrasser en pensant qu'il n'y a pas de raisons pour que ce puzzle collé auquel il manque trois pièces ne trouve pas preneur.

— Je... je ne comprends pas.

Parmi les têtes connues, beaucoup étaient présentes il y a quelques semaines, à la librairie, lorsque nous avons levé nos verres à la mémoire de Marie-Anne. Elles sont accompagnées de visages familiers à qui j'ai vendu des livres, ces dix derniers mois. J'aperçois même mon visiteur taciturne du mercredi, là-bas, au fond, derrière quelques cartons.

Alice s'extrait alors de la foule et me tire par la manche, excitée comme une puce.

— J'en peux plus d'attendre, allez, ouvre !

Elle désigne alors un carton qui se trouve devant nous, sur lequel est inscrit son prénom. Voilà pourquoi je reconnaissais l'écriture sur la banderole. C'était celle d'Alice. Je me sens quelque peu observé, mais la curiosité l'emporte largement sur l'embarras.

Dans ce carton se trouvent des livres. De tailles différentes. D'épaisseurs différentes. Méticuleusement rangés. Je me dis qu'elle n'a peut-être pas bien écouté mon histoire et qu'elle a cru que j'adorais ça, les livres, que si je le pouvais je dormirais dans un champ de feuilles imprimées qui auraient la douceur des coquelicots. Je comprends alors qu'il s'agit de mon pot de départ et que, plutôt que d'offrir un cadeau commun (après tout, de combien de montres a-t-on besoin, dans une vie ?), chacun a fouillé chez lui pour me trouver un petit quelque chose. C'est adorable. Mais offrir des livres à un libraire n'est jamais une bonne idée. Surtout un libraire comme moi.

— C'est vraiment gentil, Alice, mais…

Avant que je n'ajoute un mot, elle me tend un carnet.

— Tiens, tout est écrit là-dedans.

C'est original, en tout cas, comme carte commune. Il fallait au moins ça pour recueillir les mots sympathiques de tout un village.

— Allez, ouvre, enfin !

C'est curieux, le carnet porte aussi le prénom d'Alice. Avec chaque lettre d'une couleur différente. Comme le mien.

Je l'ouvre, et mes yeux s'écarquillent.

Soudain, je comprends.

Je comprends que ce carnet reprend page après page les titres des livres qui se trouvent dans le carton.

Je comprends que chaque page contient un résumé de l'œuvre.

Ainsi qu'une partie intitulée « pourquoi j'aime ce livre ».

Je tourne les pages lentement, appréciant cette écriture ronde et lisible, laissant l'ampleur de la révélation se frayer un chemin jusqu'à mon cerveau. Ce carnet est une reproduction de ceux de ma mère. Si j'en crois les larges sourires autour de moi et la queue qui s'est formée de personnes portant chacune un carton, je dirais que j'ai vu juste.

Robert prend de nouveau la parole :

— Nous avons tous été très touchés par ton histoire, l'autre jour, tu sais. Nous en avons discuté entre nous et en sommes arrivés à la conclusion que tu gagnais à être connu !

Cette remarque déclenche des rires dans l'impasse. Pas grave, je comprends l'euphémisme. Et puis, il n'a pas tort.

— D'ailleurs, il faut dire que pour un libraire… Tu ne te livrais pas beaucoup !

Voilà un jeu de mots pas spontané pour un sou, mais en attendant je réprime fortement des larmes qui commencent à monter.

— Alors nous avons eu cette idée. Enfin, c'est Alice qui l'a eue. Et Didier l'a aidée.

Il désigne alors mon client pas vraiment client du mercredi, celui qui passe à heure fixe sans jamais rien acheter. Qui s'appelle Didier, donc. Il répond d'un petit signe de la main, que je lui renvoie maladroitement. Alice, quant à elle, semble fière de son effet. Pour je ne sais quelle raison, elle continue de tenir ma manche.

— Chaque personne que tu vois ici a rassemblé ses livres préférés, ou a demandé à des membres de sa famille, à des amis de le faire, poursuit Robert. Nous avons mis des carnets à disposition pour que chacun puisse y noter le résumé de chaque livre, mais aussi ses impressions personnelles. C'est Alice qui a tout organisé, alors tu devrais pouvoir t'y retrouver facilement. Et puis on se disait qu'une librairie vide à Noël, c'était bien trop triste !

Je ne sais pas quoi répondre. Tout cela dépasse ma capacité d'absorption d'émotions. Il doit y avoir des milliers de livres dans ces cartons. Des milliers de souvenirs. Des milliers d'avis émanant d'horizons divers. Des milliers de profils de lecteurs. Des milliers de parcours qui se sont formés petit à petit, de rencontre en rencontre, de rebond en rebond. C'est bien mieux qu'un puzzle incomplet.

Je bredouille un grand merci.

Autant, quand j'arrive dans un endroit où un groupe s'est déjà formé, je préfère dire un bonjour général plutôt que de serrer trop de mains, autant, là, j'ai l'irrésistible envie de les remercier individuellement. Je m'engage donc dans l'impasse, en faisant attention de n'oublier personne, recueillant les instructions des uns et des autres. Certains en profitent pour me raconter une anecdote précise sur un des livres présents dans leurs cartons. Ce qui me touche encore plus, c'est de constater que chacun participe à sa façon. Il y a même cette petite fille qui ne doit pas avoir plus de huit ans, accompagnée de son père, et qui me tend un livre. Un seul. Timidement.

— Tenez, monsieur. C'est mon livre le plus préféré. Je le connais par cœur. J'espère que vous l'aimerez aussi !

Je lui réponds que j'en prendrai le plus grand soin, et je vois qu'une feuille dépasse du livre. C'est sur cette feuille qu'elle a posé de son écriture simple et déliée les raisons qui l'ont poussée à le relire autant de fois.

« *Kate mène l'enquête* : J'adore ce livre car ça parle d'une petite fille courageuse. Elle essaye d'être une bonne enquêtrice mais elle fait plein de bêtises et c'est drôle. La petite souris qui la suit est trop mignonne ! »

Quand j'arrive à hauteur de Didier, tout au fond de l'impasse, limite acculé, je le remercie pour les quelques cartons qui se trouvent devant lui. Résolument taciturne, il se contente de hocher la tête d'une manière entendue et lève l'index de sa main droite, pour me signifier de ne pas bouger, qu'il a quelque chose à me montrer (je suis super fort pour interpréter les index). Il s'écarte : derrière lui se trouvent une bonne vingtaine de cartons supplémentaires, empilés et numérotés.

Robert, qui accompagné d'Alice me suit de près pendant mon inspection et mes remerciements, ajoute en guise d'explications que Didier anime un club de lecture dans une ville qui se situe à quelques kilomètres de là. Il a cessé d'acheter des livres il y a quelques années par manque de place, mais adore flâner dans des librairies. Il s'impose une discipline stricte pour ne surtout pas craquer. Pas plus de quinze minutes. Et pas d'échanges verbaux pour ne pas céder à la tentation du conseil. Quelque chose me dit que, pour ce dernier point, il n'est pas à contre-courant de son tempérament naturel. À titre personnel, je trouve toujours curieux qu'on parle de moi à la troisième personne lorsque je me trouve à quelques centimètres de la conversation, mais ça n'a pas l'air de déranger Didier que Robert parle à sa place.

— Merci pour votre accueil, j'aime beaucoup votre librairie, me dit Didier. Je trouvais dommage qu'elle se vide au fil des semaines.

Voici donc à quoi ressemble sa voix.

— Merci à vous. Ça m'embête de vous priver de vos livres.

Parce que j'imagine que, s'il préférait se restreindre côté achats par manque de place, c'est qu'il n'avait pas l'intention d'en faire en triant ses livres.

Il me sourit et hausse les épaules. Je suis moins doué pour interpréter les épaules que les index, mais je pense qu'il me dit de ne pas m'en faire, qu'il en trouvera d'autres. On n'est pas à l'abri qu'il fasse même un achat à la librairie. Ce serait fou. Si je ne peux plus compter sur ce qui est censé être immuable, c'est un coup à réveiller mon cauchemar de ne plus voir le soleil se lever.

Maintenant que j'ai remercié ces dizaines de personnes, que j'ai regardé dans chaque carton, je me rends compte que l'idée de toutes ces pages ne provoque aucune angoisse en moi. Robert me dirait, pour filer la métaphore, que c'est parce que je l'ai tournée, cette page, et il aurait sûrement au moins en partie raison. Je me tourne d'ailleurs vers lui, parce qu'il me reste un mystère à résoudre.

— Pourquoi le camion ? Il y avait des moyens bien plus simples de me traîner sur la place, tu sais.

Il semble content que je lui pose la question.

— Viens, je vais te montrer.

— N'oublie pas ta canne, je lui réponds, moqueur, m'emparant de celle-ci.

Je l'accompagne jusqu'au véhicule, et il m'intime d'ouvrir les portes arrière. Je le découvre rempli de cartons semblables à ceux qui encombrent présentement l'impasse. Des dizaines d'entre eux, entassés. Ce qui me ramène au début de l'année, lorsque je m'apprêtais à m'installer. Je jurerais ressentir soudain une légère douleur dans le dos.

— Ce sont les livres de Marie-Anne. Inutile de te dire à quel point elle y tenait. Ils faisaient partie d'elle. Je me dis qu'ils ont été bien plus fiables que moi, dans la durée, tu sais.

Je vois ses yeux s'embuer. Il doit y avoir quelque chose de contagieux dans l'atmosphère, aujourd'hui.

— Par contre, tu m'excuseras, pour ces livres-là, il n'y a pas de carnets. Il valait mieux pas que ce soit moi qui les remplisse ! Il faudra que tu t'en charges toi-même.

Il ouvre alors le carton, plus petit que les autres, qui se trouve juste devant lui, à l'arrière du camion. À l'intérieur, quelques dizaines de carnets vierges, semblables à ceux qui ont été distribués lors de cette opération géante.

*

— Alors, tu sais déjà par lequel tu vas commencer ?

La voix d'Alice me fait sursauter, absorbé que j'étais par mes rêveries. Assis sur le bord de l'arrière du camion, j'ai ouvert un carton au hasard pour commencer à feuilleter quelques livres.

— Je vais avoir l'embarras du choix, il ne va pas falloir que je me trompe !

— Il est impossible de se tromper. C'est ça, la magie de la lecture. L'important, c'est de ne jamais se forcer.

— Dis donc, c'est aussi beau que ces phrases que l'on trouve dans les biscuits chinois.

En guise de réplique, elle me frappe l'épaule à l'aide d'un objet rectangulaire, enveloppé dans du papier cadeau.

— Tu m'énerves à tout le temps te moquer ! Tiens, c'est pour toi. Je tenais à te le donner en personne et en privé.

Maintenant que je suis officiellement un professionnel, je reconnais immédiatement la forme du paquet.

— Ça, c'est un livre.

— Bien vu, Sherlock.

— Pour une fois, j'ai la référence !

— Oui, bah, ouvre, je dois rentrer chez moi, j'ai des devoirs pour demain.

Je déchire le paquet (je n'ai jamais eu beaucoup de patience pour les ouvrir. Ma mère prenait un coupe-papier pour ne pas les abîmer et retirer le scotch avec minutie. Ce qui me rendait dingue, moi qui piaffait à côté d'elle, impatient de profiter de l'effet de surprise et de pouvoir enfin jouer au minigolf). La couverture qui apparaît déclenche un énorme sourire.

— *De l'autre côté du miroir*, de Lewis Carroll.

— Rapport au jour où tu m'as montré tes carnets !

— Bien sûr, je me souviens. Ça me touche beaucoup, merci infiniment.

— C'est la suite d'*Alice au pays des merveilles*, mais tu devrais tout comprendre sans l'avoir lu.

Dans un geste un peu maladroit et plein d'affection, elle vient s'asseoir à côté de moi et pose furtivement sa tête contre mon épaule.

— Je suis contente que tu restes.

— Ah, tu avais deviné que j'allais partir ?

— Évidemment ! Je suis une lectrice professionnelle, je sais lire entre les lignes.

Puis elle se lève d'un bond, regarde sa montre, constate qu'elle est vraiment en retard et me fait un signe de la main tandis qu'elle s'éloigne, lestée de son sac à dos violet.

Moi aussi, je suis content de rester.

Pour la première fois depuis l'âge de dix ans, j'ai de nouveau hâte de m'y atteler. De faire des découvertes. Je ne pourrai plus en parler avec ma mère autour d'un thé et d'un bol de céréales au petit déjeuner. (C'est une habitude que je n'ai jamais perdue, ça. Si ça ne tenait qu'à moi, je mangerais des céréales à tous les repas.) Elle ne sera plus là pour me guider, m'orienter, m'apporter son point de vue, ses analyses. Mais j'ai toute une librairie prête à prendre la relève. Une armée de lecteurs avec qui échanger des avis. La fin d'année s'annonce chargée, finalement.

32.

Ouf.

C'est le dernier aller-retour.

Finalement, tout est allé vite. C'est l'avantage lorsqu'il y a autant de paires de bras pour prêter main-forte. Un peu comme quand un village s'organise pour éteindre un feu et que le seau va de main en main, depuis le puits jusqu'à la grange. (Oui, je ne sais pas pourquoi, je visualise immédiatement une grange avec de la paille qui brûle. Mais les animaux vont bien, c'est l'essentiel.) La grange, c'est la librairie, et les seaux, ce sont les cartons. Le rôle du puits est assuré par le camion. Heureusement, il n'est pas sans fond et nous voyons enfin le bout de cette entreprise.

Après que j'ai remercié tout le monde pour la millième fois, chacun est reparti vaquer à ses occupations dominicales. Robert est le dernier encore sur place. Il fume sa cigarette devant la vitrine, assis sur le rebord.

— J'espère que tu comprends que tu fais désormais partie de notre grande famille.

C'est vrai qu'on ne choisit pas sa famille. En voilà une preuve supplémentaire.

— Merci beaucoup, Robert. Pour tout. Vraiment.

— C'est rien, mon gars. C'est plutôt Alice que tu devrais remercier. C'est une sacrée gamine. J'ai surtout apporté mes talents d'acteur ! Et puis, il me fallait bien un endroit où prendre mon café.

Je ris de bon cœur et m'apprête à rentrer dans la librairie quand il ajoute :

— D'ailleurs, maintenant que tu fais partie de la famille, s'agirait de te trouver un nom.

— Je te l'ai déjà dit, je n'ai aucune intention de changer mon prénom. C'est un très bon prénom. Il me va bien. Je te soupçonne d'être jaloux.

Il se contente de lever les yeux sur la devanture, au-dessus de la porte, et de faire un signe du menton.

— Ah, ça. Tu as raison. Je vais m'en occuper.

Je rentre dans la librairie et regarde ce mur de cartons, encore plus impressionnant que celui constitué des livres de ma mère à l'ouverture de la librairie, et m'assois par terre, pour en prendre pleinement la mesure. Comme souvent lorsque je conçois un plan, celui-ci n'aboutit pas. Je comptais ne rester qu'un an. Je comptais ne faire que passer. Les embranchements, les nénuphars de la vie en ont décidé autrement. Ainsi que l'altruisme d'un village. Ma mère avait visé juste. Elle visait toujours juste.

Même avec une simple tête d'épingle.

Tiens.

Voilà qui ferait un bon nom, pour la librairie.

33.

Le lendemain matin, j'ai insisté auprès de Robert pour ramener moi-même le camion de location à l'agence. Après tout, il en avait bien assez fait, il méritait de se reposer un peu et de terminer de lire son journal. Au pire, je me perdrais. Ce ne serait pas la première fois.

Avant ça, j'ai une feuille de route à suivre. Le temps est radieux aujourd'hui. Je jette un œil à mon passager sur le siège avant et nous partons le cœur léger (enfin moi, lui, je n'en sais rien, il n'est pas très expressif).

Je m'arrête devant une maison. Je sonne. Il n'y a personne. Je sais exactement où aller. Mon passager peut bien m'y accompagner.

Évidemment, je la trouve assise sur son banc, enveloppée par le cocon ouaté de son sanctuaire, le nez plongé dans un livre (et son écharpe).

— Tu n'es pas très discret, je t'ai entendu arriver à des kilomètres ! me dit Alice, sans lever les yeux de son ouvrage.

— Je ne me souvenais pas qu'il y avait autant de ronces...

Je n'en reviens toujours pas comme ce lieu est parfait. Même à l'approche de l'hiver, on a envie d'y passer la journée.

— Tu arrives à lire avec des gants ?

— Bien sûr, je suis une professionnelle, voyons.

Dans un coin de son cocon, un objet attire tout de suite mon attention.

— J'aurais pu le chercher longtemps, lui.

— Ah, oui... Je voulais emporter un souvenir. Juste au cas où...

Je sais finalement ce qu'il est advenu de ce lampion. Je m'en inquiétais presque. Il est bien mieux ici.

— En parlant de souvenir, j'ai un cadeau pour toi.

Je lui tends alors mon fameux passager. Je le gardais pour une occasion un peu spéciale, au chaud dans un tiroir. À vrai dire, je comptais le lui offrir le jour de mon départ. Mais le jour de mon renouveau, c'est tout aussi bien.

— Oh, merci. J'espère qu'il n'était pas dans le carton que je t'ai donné, sinon on ne va jamais s'en sortir !

— Non, c'est ma collection très personnelle.

Elle retire délicatement le papier cadeau et lit le titre du livre.

— *La Cicatrice*, de Bruce Lowery. Je ne connais pas du tout.

— Moi non plus.

— Ah bon ? Je pensais que ce serait enfin ton livre préféré !

— Ça aurait pu, qui sait ? Non, c'est le dernier livre que m'a conseillé ma mère, quand j'avais dix ans. C'était le suivant sur ma liste, à l'époque, mais je n'y suis jamais venu. À défaut d'avoir un roman préféré, j'en ai un plein de promesses. Tu me diras, comme ça.

— Oh...

Elle regarde de nouveau la couverture, pour éviter de croiser mon regard. Nous sommes tous les deux émus. Ça fait beaucoup trop d'émotions en quelques jours, cette affaire.

— Bon, j'y vais. J'ai encore de la route, je dois ramener le camion à l'agence.

— C'est juste à côté, ça devrait aller.

— Disons que j'ai un léger détour à faire. Mais je reviens, promis.

— Je saurai où te trouver !

Je sors du village, que je regarde s'éloigner dans les rétroviseurs latéraux.

Je conduis plusieurs heures sans m'arrêter, souriant en revoyant les panneaux que j'ai croisés en sens inverse il y a près d'un an. Je suis en train de revenir sur mes pas. Avec une vision plus précise de qui je suis. Le trajet me parait plus court alors que la distance est la même. Je suis à deux doigts d'inventer la théorie de la relativité.

Les paysages deviennent de plus en plus familiers, et je jurerais que les odeurs aussi. S'il ne faisait pas aussi froid, je passerais la tête par la fenêtre pour m'en assurer. J'arrive enfin dans le village de mon enfance. Je passe devant l'école primaire pile à l'heure de la récréation. Je vois des groupes, je vois des grappes, je vois que certaines choses ne changent pas. Le banc est toujours à place, sans personne dessus. Il faudrait que quelqu'un éclaircisse cette histoire de fantôme une bonne fois pour toutes. J'arrive au niveau de la bibliothèque municipale. Enfant, lorsque je n'avais pas d'autre choix que de passer devant, je ne levais pas les yeux vers ce bâtiment. Cette fois, je m'arrête. Ce n'est qu'un amas de briques, finalement. Je fouille la poche intérieure de mon manteau et en sors mon portefeuille. Au milieu de paperasses diverses et variées se trouve encore la carte de cette bibliothèque. J'ai failli mille fois la découper, la jeter, la brûler, mais une petite voix m'en a toujours empêché. On ne jette pas les cadeaux. Surtout quand ils portent chance. Le bruit de klaxons impatients qui ne comprennent pas bien pourquoi je bloque la rue me ramène à la réalité et je poursuis mon chemin, jusqu'à ma destination, jusqu'au but de ce retour aux sources.

Ce qu'elle voulait, c'était un endroit tranquille. Un endroit discret. Elle a choisi une concession isolée, en bout d'allée. C'est moi qui y ai posé l'urne. J'ai tenté de le faire de la manière la plus solennelle possible, même si j'étais surtout concentré sur l'idée de ne pas trébucher. J'ai souri en me disant que ça l'aurait fait rire, si c'était arrivé. Je baisse les yeux pour regarder la plaque. Quand on en discutait (enfin, quand elle me forçait à l'écouter, parce que ce n'était pas du tout une conversation que je souhaitais avoir), elle me disait qu'elle me laissait le choix, même si elle avait tout prévu. Je pouvais disperser ses cendres, ou garder un lieu de recueillement. Je suis heureux d'avoir choisi cette dernière option. Je suis heureux d'être face à elle.

Je commence par sortir un livre de mon sac. Un livre particulier, puisque c'est celui qui trônait, seul mais pas abandonné, dans la réserve, à côté des carnets.

— Tu avais raison. Les livres peuvent changer une vie.

Je commence à feuilleter *Cujo*, le livre dans lequel j'ai trouvé le mot, le dernier, qu'elle m'avait écrit. Je lis à voix haute le début du livre et me rends compte que je me prends au jeu. Je pensais avoir oublié comment faire. Mais on n'oublie jamais vraiment ces choses-là. Je souris, referme le livre et le repose dans mon sac.

— J'ai beaucoup à te dire, tu sais.

Je m'assois en tailleur, à même le sol, et je commence à lui raconter.

Elle a toujours aimé les histoires.

Celle-ci devrait lui plaire.

Note de l'auteur

Merci à Charlie-Lou pour le coup de pouce sur *Kate mène l'enquête*.

Composition
NORD COMPO

Achevé d'imprimer à Barcelone
par CPI Black Print
le 1er septembre 2025

Dépôt légal septembre 2025
EAN 9782290417423
OTP L21EPLN003872-647825

ÉDITIONS J'AI LU
82, rue Saint-Lazare, 75009 Paris
Diffusion France et étranger : Flammarion